독서에
미친
사람들

독서에 미친 사람들

초판 1쇄 발행 _ 2019년 8월 12일
초판 2쇄 발행 _ 2020년 8월 10일

지은이 _ 김의섭

펴낸곳 _ 바이북스
펴낸이 _ 윤옥초
책임 편집 _ 김태윤
책임 디자인 _ 이민영

ISBN _ 979-11-5877-112-6 03800

등록 _ 2005. 7. 12 | 제 313-2005-000148호

서울시 영등포구 선유로49길 23 아이에스비즈타워2차 1005호
편집 02)333-0812 | 마케팅 02)333-9918 | 팩스 02)333-9960
이메일 postmaster@bybooks.co.kr
홈페이지 www.bybooks.co.kr

책값은 뒤표지에 있습니다.

책으로 아름다운 세상을 만듭니다. ― 바이북스

현장 경험을
바탕으로 한
독서모임
운영 노하우와
실천 가이드

김의섭 지음

독서에
미친
사람들

바이북스
ByBooks

공부해서 남을 주자!

꿈 없는 가장이 꿈이 없는 가정을 만든다. 그 속에서 꿈이 없는 아이들이 자란다. '꿈' 대신 '책'을 넣어도 성립한다. 책 읽지 않는 부모의 거실에 서재 대신 TV가 주인이 될 것이고, 책 읽지 않는, 아니 책 읽지 못하는 피지배 계급 아이들이 자랄 것이다. 과장일까? 소름 돋는 현실이자 우리 거실과 가정의 슬픈 자화상이다.

《나는 이렇게 부자가 되었다》의 저자 보도 섀퍼는 "미래의 문맹자는 글을 읽을 줄 모르는 사람이 아니라 어떻게 배울지를 모르는 사람이 문맹자가 될 것이다"고 했다.

그 척박한 현실 속에서도 물살을 거슬러 올라가는 연어처럼 세상을 바꿔가는 멋진 리더가 있다. 바로 이 책의 저자다. 수년 전 양재나비에 나오기 시작했고, 3P자기경영연구소의 각종 세미나를 섭렵하며 무섭게 공부하기 시작했다. 스펀지처럼 흡수하며 폭풍성장했다. 대한민국 최고의 독서토론 모임(500여 개) '독서포럼나비'의 원조는 양재나비다. 저자는 아무나 할 수 없는 양재나비 '회장'까지 역임하였다. 책 한 권 쓰는 것이 평생의 꿈이자 소망일 텐데 당당히 저자가 되었다. 단순한 신변잡기를 넘어 독서모임을 만들고 운영하기 원하는 사람들을 돕기 위한 안내서이고 지식과 경험의 '알갱이'다.

저자를 존경하는 이유가 있다. 연 200여 회 강의와 세미나를 통해 30만 명에게 교육을 했지만 실행하고 성장하고 더구나 지속가능한 경우는 소수다. 독서모임 한 개를 운영하는 것도 만만치 않다. 그런데 자그마치 세 개를 운영하고 있다. 자발성과 기쁨이 없으면 불가능하다. 공통직업(부동산)을 가진 분들, 불특정 다수의 일반인 대상, 무엇보다 부모와 자녀가 함께하는 가정 독서모임까지 운영하고 있다. 남에게 인기와 존경을 받을 수 있지만 가정에서는 쉬운 일이 아니다. 세계를 이끄는 지도자, 다국적 기업 경영자, 육해공을 이끄는 사령관도 가정에서는 외톨이요, 처절하게 깨진 패잔병인 경우가 부지기수다. 더구나 독서모임 멤버들의 변화와 성장, 성공 스토리는 감동을 넘어 우리 모두에게 희망의 증거가 되고 있다. 사실 수 년 전 저자도 별반 다르지 않았을 것이다. 그렇기 때문에 모두에게 희망이 되는 것이다. 유명한 사람의 평범한 일상이 뉴스가 되듯 평범한 사람들의 특별한 이야기는 '특종'감이다. 독서와 공부, 좋은 소식(Good News)에 목마른 사람들에게 무더운 여름날 '얼음냉수' 같은 책의 일독을 권한다.

"평생학습은 당신을 젊게 할 것이다. 평생학습을 하게 되면 뇌세포는 늙지 않는다. 뇌세포가 건강하면 육체적으로 건강을 유지할 수 있다. 사람은 호기심이 없어지면서부터 늙는다. 배우면 젊어지고 삶을 즐길 수도 있게 된다." 경영학의 아버지 피터 드러커 교수의 말씀이다. 96세까지 평생 공부하며 가르쳤던 드러커 교수처럼 인생의 전반전, 하프타임, 후반전을 독서와 독서토론으로 평생학습하며 살고, 그렇게 죽으면 좋겠다.

독서포럼나비의 슬로건이자 참 좋아하는 구절이다.

"공부해서 남을 주자!"
"우리가 하는 일의 열매는 다른 사람의 나무에서 열린다."

강규형 3P자기경영연구소 대표, 독서포럼나비 회장

좋은 것을 함께 나누고 싶은 마음

독서가 중요하다는 사실을 모르는 사람은 아무도 없다. 하지만 왜 독서를 하지 못하는 것일까? 시련을 견뎌내고 끈기와 열정으로 환경을 변화시켜 성공으로 이끄는 독서모임이 바로 이곳 '네오비 독서지향'에 있다.

처음 공인중개사 독서모임을 계획할 때는 어떻게 시작해야 하는지 무엇을 유의해야 하는지 아무것도 모른 채 오직 공인중개사들을 위해 독서모임이 반드시 필요하다는 의지와 사명감만으로 시작하게 되었다.

저자의 뜨거운 열정으로 1년이 넘는 준비기간이 지나고 처음 독서모임을 시작했을 때 가장 걱정했던 부분은 과연 평균 연령이 높은 공인중개사들이 책을 읽으려고 할까, 과연 독서모임이 얼마나 지속될 수 있을까였다.

첫 모임에 약 10여 명의 공인중개사들과 함께 저자가 그동안 준비해온 독서모임의 방향으로 시작하였고, 첫 반응은 뜨거웠다. 다가올 위기와 시련은 조금도 고민하지 않았다.

사실 가장 큰 스승인 독서를 통한 배움과 깨달음은 오랜만에 책을 접하는 사람들에게는 큰 만족감으로 다가왔을 것으로 생각되었다. 그리고 무엇보다 책을 다 읽었다는 성취감으로부터 오는 희열과 독서를 해야겠다는 충분한 동기부여가 이루어졌던 것 같다.

하지만 예상했던 문제들을 접하게 되는 것은 오래 걸리지 않았다. 다시 다가오는 독서모임까지 정해진 책을 읽어야 한다는 부담감이 찾아오면서 "노안이 와서 책을 보기 어렵다." "부동산 중개업의 시간이 고객을 중심으로 사용되는 것이라 책 읽을 시간 내기가 어렵다." "독서모임하는 시간에 손님과 약속이 있어서 참석이 어렵다." "내가 선호하는 종류의 책이 아니다." 등 수많은 개인적인 이유와 핑계들이 나타나기 시작했으며 참석인원도 점차 줄어들기 시작했다. 과연 이대로 계속 진행될 수 있을까?

오랜 기간 준비하였지만 그것만으로는 충분하지 않았던 듯했다. 첫 독서모임의 뜨거움은 그리 오래가지 못했다. 독서모임이 성공하기까지 가장 대단하다고 느꼈던 부분은 저자의 끈기와 열정이었다고 생각한다. 스스로 독서를 통해 변화된 삶을 살고 있는 저자에게 독서모임에 참석하지 못하는 사람들의 핑계들은 얼마나 안타깝게 느껴졌을까? 일일이 전화를 하며 참석을 독려하는 것으로 부족하여 직접 발 벗고 뛰기 시작했다.

네오비 공인중개사 강의에 와서 홍보도 하고 저자특강을 통해 독서에 대한 흥미를 키우기 위해 노력했다. 좋은 것을 함께 나누고 싶은 마음. 개인이기주의 나아가 집단이기주의가 팽배해지는 요즘 세상에 이기심보다 이타심을 더욱 중요하게 생각하는 사람은 충분히 존경 받을 만하다고 생각한다.

그러던 중 획기적인 사건이 생겼는데 바로 '굿모닝 사건'이었다. 지나간 삶에 대해 참회하듯 자신에 대한 눈물의 고백으로 이어진 조별토론은 지금도 잊을 수 없는 사건으로 여겨지고 있다. 그리고 시작된 변화! 굿모닝 사건이 발생하게 되었다.

새벽 4시! 새벽을 깨우는 카톡 소리! '굿모닝 사건!'(굿모닝이란 서로를 독려하기 위해 새벽을 깨우는 알림) 독서모임에 새로운 전환점을 맞이하게 되었다. 전국 각지의 독서모임 회원들이 새벽마다 지역별 카톡에서 깨어있음을 알리는 '굿모닝 사건'은 보는 사람도 듣는 사람도 감동 또 감동의 연속이었다. 나 혼자가 아니구나….

독서모임은 '네오비 독서지향'으로 명칭을 확정하면서 추구하는 방향에 대한 정체성을 정의하고, 모임시간을 다른 사람에게 방해받지 않을 아침 6시 50분으로 변경하면서, 성장에 성장을 거듭하였다.

그 결과 지금은 서울, 대전/세종, 광주, 부산, 대구에서 '네오비 독서지향'이 활동 중이며, 이외에도 제주, 인천, 창원, 원주 등 다양한 지역에서도 네오비 독서지향을 요청하는 지역이 점차 늘어나고 있다.

이 책에는 그동안 독서지향을 성장시키고 발전시키면서 저자가 독서모임 운영의 경험과 사례 그리고 독서모임을 성공시키기 위한 다양한 방법과 노하우 나아가서 독서모임을 통해 인생의 터닝 포인트를 맞이한 본인과 다른 분들의 생생한 이야기들이 담겨져 있다.

누구나 아는 독서를 위한 중요성보다 한 단계 업그레이드 된 독서모임의 의미와 필요성을 통해 더욱 값진 독서를 즐겨보시기를 추천드린다. 나아가서 대한민국의 공인중개사들이 깨어나고 발전하기 위해 반드시 읽어야 하는 필독서로 강력하게 추천한다.

조영준 (주)네오비 비즈아카데미 대표

세상에서 가장 아름다운 말

남은 것이 아무것도 없다고 생각했던 고난의 시기에도, 누군가와 나눌 만한 게 있다는 사실이 가슴 벅찼다. 글쓰기와 독서. 적어도 나는 이 두 가지 '작은' 행위로 인생을 다시 시작할 수 있었다.

입신과 양명을 위해 살기에도 벅찬 세상이다. 워낙 속도도 빠르고, 변화의 단계도 높다. 함께 사는 세상이라 하지만 혼자 버티기에도 틈 없을 정도다. 누군가를 돕거나 나누거나 함께하지 못한다 하더라도 뭐 그리 욕먹을 상황 아니다. 다들 그렇게 살아가니까. 다들 힘들고 어려우니까. 우리는 그저 나 혼자만 힘든 게 아니란 사실만으로 위안 삼고 견디며 오늘을 이겨낸다.

저자는 공인중개사 업을 가지고 있으면서 독서모임을 운영한다. 시간으로 말하자면 어느 누구보다 바쁘고 정신없을 사람이다. 독서모임은 이윤 추구와는 상관없다. 자신의 시간을 오롯이 투자하면서 타인과의 결속과 독서문화를 전파해야 한다. 속된 말로 "남는 장사"가 전혀 못 된다.

저자가 독서모임을 운영하는 이유가 무엇인지, 어떤 가치관과 철학을 가지고 책 문화를 전하고 있는지, 나아가 이 책을 통해 더 많은 사람들이 책과 독서모임을 가까이 하길 바라는 간절함은 무엇인지. 글을 읽는 내내 생각했다. 그리고 나름의 결론을 내렸다.

세상에서 가장 아름다운 말, 그것은 '나누다'라는 동사다. 몰랐던 단어가 아님에도 불구하고, 이 책을 읽는 동안 '나누다'라는 말의 가치와 아름다움을 새삼 느낄 수 있었다. 저자는 성장했다. 성장하고 있다. 변함없이 성장할 터다. 이것이 독서와 독서모임의 가장 큰 힘이다. 나눈다는 말의 가치다.

내가 가진 몫을 나누고, 타인이 가진 지혜와 경험을 공유한다. 때로는 거칠게 토론하고, 때로는 함께 눈물 흘리며 공감한다. 물과 퇴비가 적절히 어울려 새싹을 거목으로 성장시키듯, 독서와 독서모임은 함께하는 이들의 삶을 단단하고 깊이 있게 쌓아올린다.

저자는 1년에 100권의 책을 읽는다. 본업에 충실하면서도 일주일에 두 권을 읽고 있다. 그러면서도 속독보다는 느리게 읽기를 권하고 깊이 있게 독서하기를 강조한다. 제대로 읽는다는 말이다. 독서의 본질을 놓치지 않고 있다는 증명이다.

독서에 관한 나름의 조언과 경험담을 얻을 수 있다. 독서모임을 운영하는 깨알 같은 노하우와 시행착오가 가득하다.

치열한 삶의 본보기다. 제대로 읽기의 견본이며, 독서모임 운영의 표준이다. 책을 통해 삶을 만들고, 사람과의 관계를 통해 인생을 이어간다. 매일 쏟아지는 책의 홍수 속에 섞여 사라지는 방울이 되길 바라지 않는다.

독서와 모임이라는 단순한 행위를 넘어 '나눔의 가치'를 통한 성장에 이르길 원하는 사람이라면, 그들에게는 정신이 번쩍 드는 죽비와 같은 책이 될 거라 의심치 않는다.

이은대 자이언트 북컨설팅 대표

들어가는 글

필자는 현재 부천 송내역 앞에서 공인중개사사무소를 운영 중이다. 공인중개사는 다른 자영업이나 전문직과 비교하여 자유롭고 확장 가능성이 넓다는 장점이 있다. 물론 공인중개사마다 편차도 크고 정부의 정책 등 외부 상황에 따른 변수에 취약하지만, 내가 어떻게 뛰느냐에 따라 달라지기 때문에 다른 직업에 비해 생동감이 넘치는 직업이라는 생각이 든다.

부동산은 사람이 사는 데 필수적인 의식주 가운데 하나로 금액도 상당하다. 수 억 원짜리 매매도 적지 않은 금액이지만 원룸 월세 보증금 500만 원도 각자에게는 굉장히 큰 금액이다. 우리는 살아가면서 매매든 임대차든 부동산 거래를 반드시 해야 한다. 그런 고객분들이 거래에 만족할 수 있도록 성심성의껏 노력한다는 자부심과 소명의식으로 일을 하고 있다.

공인중개사가 책을 쓴다고 하니 부동산 관련 책이냐고 물어본다. 그러나 필자는 공인중개사 독서모임인 '네오비 서울독서지향'과 부천에서 일반인을 대상으로 하는 독서모임인 '부천독서지향'을 운영하는 리더이기도 하다.

"1Book 1Message 1Action"은 네오비 서울독서지향과 부천독서 지향의 슬로건이다. 우리 독서모임 회원들은 격주로 토요일 또는 일 요일 이른 아침에 모여서 정해진 책을 읽고 토론을 한다. 벌써 5년 째 진행하고 있다. 네오비 서울독서지향은 공인중개사들만의 독서모 임이지만 일반 독서모임의 선정도서와 별반 다르지 않다. 다만, 가 끔 부동산 관련 도서가 있고, 경영과 마케팅에 관한 책의 비중이 약 간 높을 뿐이다.

필자는 40대 초까지 직장생활을 하다 퇴사를 하고 공인중개사 사 무소를 차려서 운영하고 있다. 공인중개사가 된 이후에 부동산과 관 련된 것 이외에는 별다른 관심을 두지 않고 살고 있다가 운명처럼 독 서포럼 양재나비에 나가기 시작하면서 독서와 3P바인더를 가까이하 는 생활을 하면서 180도 다른 인생을 살고 있다.

1년에 10권 안팎의 베스트셀러 위주의 독서에 머물러 있던 평범 한 공인중개사가 50살이 넘어서 독서모임에 나가게 되었다. 이후 독 서가 생활화된 것은 물론 독서모임을 만들어가면서 환골탈태하였다. 대학교 졸업 이후에 20여 년 동안 책을 한 달에 1권도 보지 못하다 가 매년 100권 이상을 읽는 다독가가 된 것이다. 시간이 나면 사람 들과 어울려서 술자리를 하던 생활에서 책과 함께하면서 가족과 더욱 가까이하는 시간을 가졌다. 더군다나 사춘기 아들과 2년 동안 매주말 독서토론을 하면서 아들과 함께하는 시간을 꾸준히 가졌다. 부동산 관련 전문서적 독서와 영업, 마케팅 외에 다양한 인간의 심리와 세상의 이치를 알 수 있는 책을 접하면서 중개업 매출 향상에도 큰 도움이 되었다.

독서는 다양한 간접경험을 통해서 사람을 긍정적으로 만들어준다. 독서모임에 참여한 후 긍정적인 변화의 결과에 대하여 감사의 말을 전하는 분들이 많다.

세종시에서 부동산중개업을 운영하는 네오비 충청독서지향의 정진숙 대표는 2016년에 양재나비 단무지 캠프에 아들과 참가해서 스노우폭스 김승호 회장의 특강을 들었다. 이후에 본인과 아들의 삶의 방향이 바뀌었다고 한다. 15년 동안 부동산중개업을 하면서 항상 제자리에 머물러 있다가 업무의 효율을 높이는 전문분야의 독서를 하면서 업무의 질도 높아지고 고객과의 신뢰도 쌓이면서 매출이 급상승하여 세종시 부동산중개업소에서 매출 3위 안에 들어갔다. 대학생인 아들은 독서하는 엄마를 많이 도와주고, 독서로 서로 대화의 끈을 연결하고 항상 많은 대화를 나누면서 아들이 변하는 모습에서 뿌듯함을 느낀다고 한다.

50대 중반인 네오비 서울독서지향의 이석동 대표는 독서모임에 나온 이후에 시간관리가 잘 되면서 생활습관이 획기적으로 변했다. 독서를 통한 긍정의 힘을 바탕으로 평생소원하였던 수영을 2년여 동안 배우고 있다. 작년에는 적지 않은 나이에 마라톤에 도전하여 42.195km 풀코스를 완주하였다. 이석동 대표는 독서를 통해서 "모든 것은 나의 태도에 달려 있다"라는 것을 알고 실천하게 된 것이다.

은제민 대표는 사업 실패 후, 지인의 사업체에서 패배감에 젖은 직장생활을 하며 우연한 기회에 독서모임에 나오게 되었다. 네오비 독서지향 선배들을 보면서 공인중개사에 대한 선입견을 지우고, 부동산중개업으로 다시 도전할 수 있는 자신감이 생겼다고 한다. 독서를 통해 위기를 극복하고 마음을 다잡았다. 그에게 독서모임이 2주에 한 번 맞는 비타민 주사와 같았다. 독서모임 참여 후에 강남구 대치동에서 부동산 사무소를 오픈했고 신뢰받는 공인중개사로서 자리 매김을 하고 있다. 주변의 쟁쟁한 공인중개사들을 제치고 많은 중개 의뢰를 받고 있다. 독서로 무장한 부동산 지식과 실력으로 최근에는 60억짜리 빌딩 중개도 하는 등 성공적인 공인중개사로 살고 있다.

네오비 광주독서지향의 차옥희 대표는 독서모임에 참여한 이후에 행복해졌다고 한다. 1년에 대여섯 권의 독서를 하다가 40여 권의 독서를 하게 된 것이다. 아침형 인간으로 변신하여 하루 1시간 이상의 시간을 확보하였다. 게다가 부동산 중개사무실의 영업도 잘되어 벤츠로 차를 바꾸는 등 당당한 커리어우먼이 되었다. 이외에도 독서모임에 참여하여 괄목상대할 만한 변화를 가져온 사람들은 이루 셀 수 없을 정도이다.

이 책은 필자가 3종류의 독서모임을 만들고 운영하면서 겪은 시행착오의 과정을 적은 생생한 이야기이다. 우선은 공인중개사라는 공통의 직업을 가진 사람들을 대상으로 하는 독서모임이다. 두 번째는 지역에서 불특정 다수의 일반인을 대상으로 하는 오픈된 형태의 독서모임이다. 마지막으로 부모와 자녀가 함께할 수 있는 가족독서 모임이다. 5년의 기간 동안 필자가 경험한 다양한 시도와 좌절 그리고 성과를 얻은 내용을 함께 나누고자 한다. 이 책이 독서모임을 시작하려고 하는 사람들에게 실질적으로 도움이 되는 길잡이 역할을 하기를 바란다.

많은 사람들에게 독서의 기쁨과 성과를 함께하고 싶은 마음이 간절하다. 세상을 바꾸는 여러 가지 방법이 많지만 사람이 바뀌는 것만큼 귀한 것은 없다고 본다. 독서는 사람을 바꾸는 힘을 가지고 있다. 함께하는 독서, 독서모임으로 사람을 바꾸고 세상을 바꿔보고 싶다.

부족한 내용이지만 넓은 마음으로 이해하고 기꺼이 추천사를 써주신 독서포럼 나비 회장 강규형 대표님, (주)네오비 비즈아카데미 대표 조영준 교수님, 자이언트 북 컨설팅 이은대 작가님께 진심으로 감사를 표한다. 그리고 함께하는 독서 동지이자 리더와 조력자의 역할을 충실히 하는 네오비 서울독서지향의 남윤식, 이현노, 김혜주, 이

혜숙, 박시현, 이대진 대표님께 감사의 말씀을 전하고 싶다. 또한 지방에서 네오비 독서지향을 이끌고 있는 이명중, 최병욱, 김경란, 백승환, 김재동, 김경환 대표님께도 감사드리고, 부천독서지향에서 처음부터 함께해온 김덕영 선생님께도 감사드린다. 필자에게 저자의 꿈을 심어주었던 꼬마빌딩 시리즈 저자 임동권 대표님과 많은 조언을 해준 3P자기경영연구소 장주영 팀장님이 없었다면 이 책은 나오지 않았을 것이다.

마지막으로 늘 필자를 응원해주고 지지해주는 어머님께 감사드리고, 항상 바쁘게 살아서 자주 함께 하지 못하지만 자기 일을 잘 해내는 사랑스러운 자녀 민주와 민규, 그리고 아내 명숙 씨에게도 감사와 사랑의 말을 전한다.

김의섭

독서를 넘어 나눔으로 1

2 독서모임 시작하기

독서모임으로 성장하기 3

4 독서모임 운영하기

1

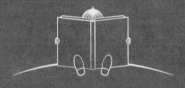

독서를 넘어
나눔으로

내 인생은 50살 이전과 이후로 크게 나누어진다. 50살 이전에 독서는 내 인생에서 그리 중요하지 않았다. 50살 이후에 나는 참독서를 알게 되었다. 지금 나에게 독서는 우선순위에서 2~3번째 안에 들어가는 일이 되었다. 독서를 시작하기 이전에 7~8년의 공인중개사 생활 동안 어느 정도 자리를 잡고서 지역에서 기반을 다지고 있었다.

나름대로 교육도 열심히 받고 영업을 위해서 인맥관리를 위해서 사람들과 자주 어울렸다. 친구들을 만나면 당구도 치고, 함께 술도 먹고 노래방도 갔다. 그러다가 운명처럼 독서를 만났다. 아니, 좀 더 정확하게 독서토론 모임을 알게 되었다. 이후의 나의 삶은 180도 달라졌다.

나 스스로 주변사람들에게 '50살이 되어서 철이 들었다'고 말한다. 독서를 알기 전인 50살 이전에도 나름 성실하고 열심히 사는 생활인이었다. 하지만, 독서를 알게 된 이후에는 어떻게 살아야 하는지 고민을 하고, 인생의 목표가 생겼다. 영업도 더 잘되고 가족 간의 사이도 좋아졌고 무엇보다도 사춘기 아이들과 소통을 하게 되었다. 매일 잠자리에 들면서 그날 행복하고 감사한 일을 떠올린다.

아침에 일어나면 오늘은 무슨 좋은 일이 있을까하고 설렌다. 이것이 모두 독서의 힘, 독서모임의 힘이라고 자신 있게 말할 수 있다. 도대체 독서모임이 무엇이기에 중년의 남자를 변하게 하는지 이야기를 풀어보려고 한다. 그래서 이 글을 읽는 독자들도 나처럼 독서생활을 통해서 행복하고 희망에 찬 삶을 꿈꾸면서 살아가기를 바란다.

독서모임을
해야 하는 이유?

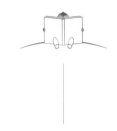

에릭 슈미츠 구글 회장이 "4차 산업혁명"이라는 말을 사용하면서 많은 사람들이 4차 산업혁명을 이야기한다. 이렇게 4차 산업혁명이라는 말이 유행하고 있지만, 주변 사람들에게 4차 산업혁명이 무엇이냐고 물어본다면 명쾌하게 대답하는 사람들이 많지 않다. 왜냐하면 우리가 겪고 있는 4차 산업혁명은 현재 살고 있는 시대라서 우리가 정확하게 정의할 수 없기 때문이다. 1차 산업혁명(증기기관), 2차 산업혁명(전기), 3차 산업혁명(정보통신)도 그 당시에는 "O차 산업혁명"이라는 그 단어의 정의를 정확하게 내리지 못하고 시간이 지난 후에 역사적인 평가를 내리게 되었다고 한다.

네오위즈 대표인 장병준 4차 산업혁명위원회 위원장은 "4차 산업혁명을 한 단어로 정의한다면 '인공지능'이라고 한다." 1차 산업혁명에서 증기기관을 이용한 기계들이 노동력을 대체했듯이 4차 산업혁명에서는 인공지능(AI)이 할 수 있는 패턴화되고 정형화되어 학습될 수 있는 것을 가진 직업은 점차 사라진다고 한다. 현재 초등학교 1학년 아이들이 미래에 갖게 될 직업은 80% 정도가 현재는 존재하지 않는 직업이라고 한다. 지금 청소년들이 선호하는 직업군에 속하는 많은 직업들이 인공지능에 의해서 사라진다고 한다. 4차 산업혁명으로 사라질 직업 중에 대표적인 것이 의사, 약사, 변호사, 공인회계사, 세무사, 공무원, 교사 등이다. 대부분이 현재 가장 선호하는 직업군들이다. 미래에도 살아남을 수 있는 현재의 직업들은 S/W엔지니어, 로봇관련 과학자 등이다.

미래학자들은 심지어 대학도 사라질 것이라고 한다. 멀지 않은 2035년경부터 기존의 대학은 On-Line을 기반으로 하는 MOOC(온라인공개강좌) 형태로 바뀌면서 대부분의 대학교도 문을 닫을 것이라고 한다. 앞으로의 세상은 대학학위로 평생 써먹을 수 있는 것이 아니고 정기적으로 새로운 것을 습득하기 위해서 3~6개월짜리 단기교육을 계속 받아야 한다고 한다.

대학 졸업장이 중요한 시대가 아니고 끊임없이 학습하는 '자기주도 학습' 능력이 뛰어난 사람이 살아남을 수 있는 세상이 되었다. 독서토론을 통해서 이러한 미래의 인재상인 '자기주도 학습' 능력을 키울 수 있다고 본다. 독서토론이야말로 바로 '자기주도 학습' 능력을 키울 수 있는 좋은 도구라고 생각한다. 독서토론의 과정에서 스스로 읽고 이해하고 남에게 이야기 할 수 있다는 것이야말로 자기주도 학습이라고 말할 수 있다.

《논어》의 첫머리에 "學而時習之 不亦說說乎"라는 구절이 나온다. "배우고 익히면 때로 기쁘지 아니한가?"라는 뜻인데, 여기서 學(학)은 독서라고 본다. 習(습)은 실천이라고 생각한다. 논어에서 공자님이 말하고자 하는 바는 '배웠으면 실천하라' 또는 '독서를 했으면 실천하라'는 것이라고 생각한다. 알고서 실천하지 않는다면 모르는 것과 별반 차이가 없다고 한다. 이러한 실천을 담보하는 것이 독서모임이라고 생각한다.

우리나라 성인 독서율은 계속 하락해 1년에 단 1권의 책도 안 보는 사람들이 10명 중 4명이라고 한다. 책을 왜 읽지 않느냐고 물어보면 '일이 많고 바빠서'라는 대답을 한다. 경험상으로 볼 때 책보다 더 재미있는 것들이 많고, 책을 읽는다고 사람이 특별히 달라지지 않기 때문이다. 실제로, 우리 주변에 책을 좀 읽는다고 하는 사람들을 살펴보자. 과연 그 사람들이 책을 읽어서 주변에 좋은 영향을 끼치고 책을 읽으면 정말 좋겠다고 생각하는지? 많은 사람들이 독서는 고리타분하고 수동적인 사람들의 취미생활이라고 생각한다. 조금 더 생각한다는 사람들도 지식을 얻기 위한 것이라고 생각한다. 그 밖에 본인이 지식이 많음을 과시하기 위해서 본인도 알지 못하는 어려운 철학 책 등을 읽고 이야기를 내뱉는다. 그런 사람들을 본 경험에 의하면 책을 아무리 읽어도 사람이 달라지지 않는다는 결론에 도달한다.

나도 과거에는 그렇게 생각하던 사람 중의 한 사람이다. 독서는 필요한 지식을 몇 개 얻으면 되는 것이고, 독서는 학생 때나 하는 것이라고, 특별히 취미거리가 없는 사람들이 하는 재미없고 소극적인 취미생활 중의 하나라고 생각했다.

등산을 좋아하는 사람들이 산에 올라가는 과정을 생각해보자. 산에 올라가서 처음 20분 정도가 지나면 다리가 뻑뻑해지고 무거워지고 숨이 헐떡거린다. 쉬면서 물 한 모금 마시고 계속 올라간다. 또 20~30분 정도 지나고 쉬다가 물 한 모금 마시면서, 계속 올라가다 보면 정상에 도달한다. 그 동안 산에 올라올 때의 힘들었던 기억은 산 아래에 펼쳐진 장관에 묻혀버린다. 등산의 맛은 정상에 올라와 본 사람만이 알 수 있다. 어차피 내려올 산인데 뭐 하러 힘들게 올라가냐고 말하는 사람들이 있다.

마찬가지로 독서를 해서 뭐하냐고 말하는 사람들은 사실 제대로 된 독서를 해본 경험이 없다. 본인이 알고 있는 독서에 대한 잘못된 편견으로 판단할 뿐이다. 등산을 제대로 하지 않고 산 아래에서 산을 바라보면서 막걸리 한 사발 마시면서 등산이 무엇인지 안다고 이야기하는 것과 다름이 없다.

독서를 제대로 해본 사람은 안다. 독서가 얼마나 즐거운 것인지! 독서가 사람을 얼마나 변하게 하는지!

나도 그전에는 주변에 제대로 독서하는 사람을 보지 못했다. 독서를 통해서 인생이 바뀐 사람을 보지 못했다. 나에게 독서를 권하는 사람도 없었다. 끌어당김의 법칙이 작용한 것이다. 내가 술 좋아하고 사람들과 어울리기 좋아하니 주변에 술친구와 놀기 좋아하는 친구들이 많았던 것이다. 내가 조금 더 일찍 독서를 알았더라면 나의 인생은 조금 다른 방향을 잡았을 텐데 하는 아쉬움이 있다. 독서를 통해서 본인이 얻은 바가 있다고 해도 그 사람은 주변에 강력하게 독서를 권하지 못한다. 독서의 과정이 쉽지 않고 독서를 제대로 하기 위해서 버려야 하는 것이 많기 때문이다.

하지만 독서모임은 다르다. 주변에 같이 독서하자고 권한다. 독서모임을 위해서 인원이 모여야 하기 때문이다. 그리고 그 모임을 지속하기 위해서 규칙적으로 참여하다 보면 자기도 모르게 독서의 습관이 생긴다. 어쩌다 시간이 날 때 몰아서 하는 독서는 습관이 되지 못한다. 독서보다 더 재미있는 것들이 세상에는 얼마나 많은가? 바깥에서는 일 끝나고 술 한 잔의 유혹이 있고, 운동이나 취미생활에 바쁘고, 집에 들어가서 거실에 있는 소파에 앉으면 자동으로 리모컨을 켜게 되지 않는가?

독서를 하기 위해서는 내가 좋아하는 것 중 안 좋은 습관 하나를 버려야 한다. 안 좋은 습관을 버리면 그 틈새로 독서할 시간이 생긴다. 그런데 누군가가 이끌어주지 않으면 안 좋은 습관 버리기가 쉽지 않다. 내가 버린 안 좋은 습관은 TV뉴스 시청시간이다. 50분짜리 종합 뉴스를 보기 시작하면 다른 예능프로까지 섭렵하면서 2시간은 훌쩍 지나간다. 그 다음으로 저녁 술 약속 최소화하기다. 저녁에 사람을 만나거나 모임을 가면 자연스럽게 반주 한잔 하면서 술을 마시고

2차까지 가게 된다. 다음날까지도 숙취에 고생하면서 영향을 끼치는 안 좋은 행위다. 사람을 만날 때는 저녁보다는 점심을 같이 하는 것으로 대체한다. 저녁 모임은 최소화하고 모임에 나가게 되더라도 될 수 있으면 차를 가져간다. 운전을 해야 한다고 하면 술을 권하지 않기 때문이다. 만약 지하철을 타고 멀리 가서 저녁식사 자리를 하게 된다면 돌아오는 지하철에서 책을 볼 수 있을 만큼 절제하면서 술을 먹는다. 먼 거리는 차를 가지고 다니기 보다는 지하철을 타고 책을 본다. 이렇게 확보하고 보니 꽤 많은 독서시간이 생겼다.

그래서 독서를 시작한 이래 연평균 100권씩 5년째 독서를 계속하고 있다. 내가 독서라는 좋은 습관을 유지했던 비결은 독서모임이라고 생각한다. 매주 토요일 아침 6시 40분부터 시작하는 '양재나비' 독서모임에 가기 위해서 금요일 저녁에는 일찍 잠자리에 들어야 했다. 부천에서 서울 양재역까지 지하철로 1시간 20분 거리를 매주 다녔다. 독서모임에 참여하기 위해서는 매주 책 1권씩을 꼭 읽어야 했다. 책을 읽지 않고 독서모임에 참여할 수 없기 때문이다.

독서시간 확보를 위해서 내가 할 수 있는 모든 방법을 동원했다. 애타게 전화가 오는 불금에도 다음날 새벽에 독서모임에 나가기 위해 모두 거절을 했다. 나에게 금요일은 불금이 아니라 잠을 일찍 자야 하는 날로 바뀌었다. 그렇게 3개월을 지속하니 주변의 술친구들이 모두 떨어져 나갔다. 독서를 시작한 100일 동안 총 35권을 독파했다. 1년에 겨우 10권 내외의 독서량에 불과하던 내가 이렇게 독서에 미치게 된 것은 독서모임 때문이다. 누군가가 나를 지켜본다는 '레프리 효과'에 의해서 나는 독서가 습관화되고 생활이 건전해졌다. 혼자 하는 독서라면 쉽지 않았을 것이다. 술친구들의 유혹에 쉽게 포기하고 과거의 나로 돌아갔을 것이다. 모임을 통해서 무언가를 해낸다는 것은 인간이 사회적 동물이라는 특성에 기인한 것이라고 생각한다.

독서에서
독서모임으로 나아간다

양재나비 독서모임에 처음 참여한 2015년 1월 3일 토요일 새벽에
5시 20분에 집에서 나왔다. 승용차를 타고 6시 20분경에 도착했다.
목적지는 양재역에서 멀지않은 서림빌딩이다. 서림빌딩은 4층짜리
작은 미니 건물이다. 건물 옆에 8~9대 밖에 없는 주차공간에 주차를
하니, 추운 날인데도 건물 밖에서 봉사를 하는 사람의 안내를 받아서
모임이 있는 건물 지하로 들어갔다. 안에 들어가자 입구 접수대에서
반갑게 인사를 한다. 참가비로 5,000원을 냈다. 총 8개 조의 T자 형
태로 배치된 테이블이 있었다. 나는 신입회원이 오리엔테이션을 받
는 자리로 안내를 받았다. 약 30평가량의 지하공간에 조용한 클래식
음악이 흘러나오고 있었고 앞에는 빔프로젝터 스크린이 있었다. 시
간이 되자 속속들이 사람들이 지하공간으로 들어왔다. 약 70명가량
이 지하공간에 꽉 들어찼다. 신입회원들이 앉는 조에도 똑같이 책상
3개로 T자형 배열을 했다. 신입회원 테이블에는 10명이 넘게 앉았

5명이 한 조라면 자기소개 5분, 개인별 독서내용 발표에 5분을 주면

25분으로 여기까지 30분이 소요된다.

조별 토론시간은 1시간이 주어지므로 남는 시간은 30분이다.

이때부터 조원들 간에 상호토론이 시작된다.

한 조의 인원이 많아지면 상호토론 시간은 줄어들게 된다.

다. 시간이 되자 기존회원이 자리한 조에서는 선정도서를 가지고 조별독서토론을 진행했다. 신입회원들은 조별 토론을 진행하는 1시간 동안 봉사를 하는 선배님으로부터 독서 오리엔테이션을 받았다. 우리 담당 선배님은 노트북으로 프레젠테이션을 보여주면서 열정적으로 양재나비의 연혁, 독서의 요령 등에 대해서 설명을 한다. 우선 양재나비의 연혁에 대한 설명을 들었다. 양재나비는 2009년에 2명으로 시작해 전국적으로 500여 개의 모임이 퍼져 나갔다. 양재나비의 비전은 독서를 통해서 선한 영향력을 미치는 것이다. 독서의 요령에 대해서도 배웠다. 그렇게 1시간의 오리엔테이션이 훌쩍 지나갔다.

신입회원들이 오리엔테이션을 하는 시간에 기존 회원들이 진행한 조별 토론이 끝나고 전체 토론이 진행되었다. 각조에서 1명씩 선발되어 앞에 나와서 5분 스피치를 하는 것이다. 그렇게 각조에서 1명씩 나와서 발표를 하는데 독서하는 사람들이라 그런지 발표도 능숙하게 잘하고 듣는 사람들도 진지하면서도 함께 호흡하면서 1월의 추운 겨울날 양재동 건물 지하에 뜨거운 열기가 가득 찼다. 나도 언젠가는 앞에 나가서 멋지게 발표를 해야겠다고 생각했다. 그렇게 30여 분의 전체 발표가 끝나고 양재나비를 이끌고 있는 강규형 대표가 원포인트 레슨을 해주었다.

그날 양재나비 독서모임에서 태어나서 처음으로 '연간계획'이란 것을 세웠다. 양재나비에서 나누어준 연간계획 양식에 2015년 목표를 적었다. 연간목표는 나의 주된 업무에 대한 목표만 있는 것이 아니고 5가지 분야로 나누어서 목표를 정하는 것이다. '일/직업, 자기계발, 가정/재정, 신체/건강, 신앙/사회봉사'의 5가지 분야의 목표를 각각 정하는 것이다. 나는 전년도의 2배의 매출목표를 세웠다. 독서 100권과 독서모임 만들기, 가족해외여행, 체중감량, 헌혈하기 등의 목표를 세웠다. 그 목표를 적어두었다. 목표를 적으면서 이것이 이루질 것인지는 고민하지 않았다. 다만, 이렇게 쓴 대로 되면 좋을 것 같다고 생각했다.

양재나비 독서모임의 마지막에 다음과 같은 구호를 함께 복창한다.
"나로부터 비롯되는 선한 영향력을 미치는 리더가 되자!"
"공부해서 남을 주자!"는 책 박수로 마친다.
9시에 끝나고 집에 돌아오는 차 안에서 양재나비의 감동과 흥분이 계속 느껴졌다.
양재나비 독서모임이 끝난 후 사무실에 출근하니 10시 정도 되었다. 금요일은 다른 요일보다 부담이 없기 때문에 자주 술자리를 가졌다. 일명 '불타는 금요일'인 '불금'이다. 술 마시고 이야기하고 노래방 가서 실컷 노래를 부르면 스트레스가 다 풀리고 세상 부러울 것이 없는 것 같았다. 오늘은 점심시간인 12시까지 기다리는 시간이 길게 느껴졌다. 평소라면 아침 8시경에는 식사를 해야 하는데 밥도 못 먹은 데다가 기상 시간도 평소 토요일보다 2시간이나 빨랐다. 점심식사를 하는데 정말 맛있다. 무려 15시간 만에 먹은 음식이다. 오후가 되니 피곤이 몰려와 저녁에 일찍 잠자리에 들었다.

정말 긴 하루였다. 그리고 양재나비에 참여하는 사람들의 열정은 나에게 깊은 감동을 주었다. 그렇게 이른 시간에 그렇게 많은 사람들이 참석할 줄은 상상도 못했다. 단지 내 주변에 독서하는 사람이 없었을 뿐이지 세상에는 이렇게 열심히 독서하는 사람들이 많구나 하고 느꼈다. 또한 내가 2015년 목표를 세웠던 것은 대부분 다 이루었다. 매출 목표도 거의 근접하게 달성하고, 그해 12월말에 결혼 9년 만에 첫 가족 해외여행으로 태국을 다녀왔다. 독서는 104권을 읽어서 100권 목표를 가뿐히 달성했고, 헬스를 하면서 체중 5kg 줄이기도 성공했다. 대학교 때 예비군 훈련에서 헌혈한 이후 20여 년 만에 1년 동안 총 3회의 헌혈을 했다. 또한 3월부터 네오비회원들과 함께 독서모임을 만들어서 시작했다. 목표를 적으면 이루어진다는 것을 실감한 것이다. 그것이 모두 양재나비 독서모임의 참여와 연초에 연간 목표를 적어서 가능했다.

양재나비의 독서토론 방식은 단순히 읽고 느낀 점을 토론하는 것이 아니다. 저자가 주장하는 바가 무엇인지 책의 위쪽 여백에 적는다. 책을 읽고 내가 깨달은 생각을 책의 아래쪽 여백에 적는다. 그리고 가장 중요한 것은 책을 읽고 무엇을 실천할 것인지를 책의 아래쪽 여백에 적는 것이다. 독서가 그저 취미생활로 관조하는 것이 아니고 내가 무엇을 실천할 것인가를 고민하면서 본다는 것이다.

실천을 고민하는 것은 독서를 통해서 변하기 위해서 하는 것이다.

독서를 하기 전과 후가 똑같다면 독서를 하는 이유가 없을 것이다. 의식적으로 내가 변할 것을 찾는 노력을 하는 것은 처음에는 쉽지 않다. 그저 쭉쭉 읽어가다가 잘 모르는 것이나 중요한 것에 밑줄 치는 것 밖에 몰랐기 때문이다. 내가 깨달은 것을 적는 것도 쉽지 않은데 내가 실천할 것을 적는 것은 정말 쉽지 않은 일이다.

이렇게 본 것, 깨달은 것, 실천할 것을 분류해가면서 책을 3~4권 정도 읽어가면 어느 정도는 익숙해지는 것 같다. 이렇게 일일이 적어가면서 책을 읽는 것은 시간이 좀 걸린다. 하지만 책을 끝까지 읽는 것이 중요한 것이 아니라, 책을 읽고 한 가지 깨달음을 얻고, 한 가지 실천방안을 찾을 수 있다면 그 책의 독서는 성공한 것이다. 다독이 좋냐? 정독이 좋냐?라고 묻는다면 정독을 통한 실천방안 찾기가 중요하다고 생각한다. 책을 읽고 나서 내가 어떻게 변할 것인지 끊임없이 자기 자신에게 질문을 던지는 과정에서 내가 성과를 내는 방법에 대해서 고민하고 해답을 찾을 수 있다. 책을 통한 자기변화가 독서의 목적이자 세상을 변화시키는 요체라고 본다.

독서모임에서
여럿이 토론하는 방법

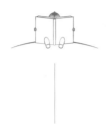

양재나비를 모델로 해 공인중개사 독서모임인 네오비 독서지향을 운영하고 있다. 네오비 독서지향은 단체 카톡방(이하 '단톡방')이 있다. 참석의사만 밝히고 참석하지 않는 사람들이 종종 있어서 반드시 독서모임에 실제로 참석해야 단톡방에 초대한다. 네오비 독서지향은 네오비 중개실무 과정수업을 듣고 수료한 사람들과 네오비에 호감을 갖고 있는 공인중개사들이 참여하고 있다. 단톡방에는 독서를 통해 얻은 지혜와 책 속의 좋은 글귀를 상호 공유하고 있다. 또한 아침에 일어나면 단톡방에 인사말을 남긴다. 나도 아침에 눈을 뜨면 침대에서 네오비 서울독서지향 단톡방에 인사말부터 남긴다.

오늘 아침에 가장 먼저 인사말을 남긴 김한영 대표는 "좋은 아침입니다.~ ^^"(4:38),

강희정 대표는 굿모닝~~~(4:40)

나는 "굿모닝~"(5:45) (강희정 대표와 나의 톡 사이에 8명이 있다)

카카오톡

그다음, 지방에 있는 네오비 독서지향(충청, 경상, 광주, 대구) 단톡방에 "굿모닝~" 아침 인사말을 복사해서 붙여 넣기 한다.

이렇게 단톡방에 아침 인사를 남기는 이유는 아침형 인간이 되어 서로 지치지 말자고 격려하는 의미이다. 내가 조금 게을러지려고 하다가도 침대에서 단톡방에 아침 인사말을 남기면 저절로 일어나게 된다. 2017년 초에 3P자기경영 연구소의 유성환 팀장의 저자특강 이후에 유성환 팀장이 제안해 계속하고 있다. 독서지향에 참여하는 많은 사람들이 서로를 격려하면서 좋은 문화를 만들어가고 있다.

독서모임에서는 전체가 모여서 같이 토론하지 않는다. 1시간을 토론한다고 가정하면, 10명이 토론을 하면 한 사람이 6분씩이다. 20명이 토론을 하면 한 사람이 3분씩이다. 인원이 많아질수록 한 사람에게 할당된 시간은 줄어든다. 독서모임에서는 가능한 인원을 줄여서 토론을 하는 것이 좋다. 인원을 줄이는데 얼마까지 줄이는 것이 좋을까? 네오비 독서지향에서는 5~6명씩 한 조를 나누고 있다. 토요일 아침 7시에 시작하는데 좀 이른 시간인데도 많은 사람들이 시간에 맞춰서 온다. 일부 늦게 오는 사람들이 있는데 인원이 적은 조에 앉도록 안내한다.

전체 참여인원이 작은 부천 독서지향이나 네오비 독서지향 초창기에는 3~4개의 조로 구성하고, 리더인 내가 임의로 책을 잘 읽고 독서모임에 참여한 지 오래된 사람들을 각 조별로 배치해서 원활한 토론이 이루어지도록 했다. 아침에 독서모임에 오면 본인들과 친한 사람의 옆자리에 앉게 마련이다. 네오비 독서지향 멤버들은 '네오비 중개실무 교육'을 통해서 이미 서로를 알고 있거나 네오비 독서지향에 참여하면서 알게 되어서 서로 친숙하다.

연령대는 20대부터 70대까지 다양하지만 공인중개사라는 공통의 직업을 갖고 있기 때문에 서로 이야깃거리도 많고 서로 다른 지역의 정보를 얻기 위해서 시끌벅적하게 이야기 삼매경에 빠진다. 인원이 많아진 다음에는 일일이 사람들을 나눌 수 없어서 전체 참석인원을 감안해서 조를 나눈다. 예를 들어 인원이 40명 정도라면 5명씩 8개 조로 나눈다. 50명이라면 10개 조로 나눈다. 사전에 미리 정해진 조장(독서모임에 나온 지 오래된 사람들 위주로 선발)을 제외한 나머지 사람들은 돌아가면서 조의 숫자만큼 번호를 붙인다. 8개 조로 나누어지면 1번부터 8번까지 돌아가면서 손을 들면서 번호를 순서대로 말한다. 8번까지 돌아가면 다시 1번부터 시작한다. 본인이 말한 번호가 본인의 조이다. 1번을 말한 사람은 1조, 2번을 말한 사람은 2조가 되는 식이다. 이렇게 무작위로 조를 나누어서 미리 정해진 조장이 기다리는 테이블로 이동해 조별 토론이 시작된다.

조장의 리드로 조별 토론을 시작하면 우선 돌아가면서 1분 이내로 간단하게 자기소개와 한 주간의 감사한 일을 발표한다. 한 사람이 1분씩만 발표해도 5명이면 5분이고 인원이 늘어나면 그만큼 시간이 더 걸린다. 이때 조장이 적절히 시간 안배를 해서 최대한 빠른 시간에 본인 소개를 끝내고 조별 토론에 들어가도록 한다.

5명이 한 조라면 자기소개 5분, 개인별 독서내용 발표에 5분을 주면 25분으로 여기까지 30분이 소요된다. 조별 토론시간은 1시간이 주어지므로 남는 시간은 30분이다. 이때부터 조원들 간에 상호 토론이 시작된다. 한 조의 인원이 많아지면 상호토론 시간은 줄어들게 된다.

개인별 독서내용 발표시간은 5분 이내로 제한한다. 이때 발표자 이외의 다른 사람들의 질문이나 끼어들기는 금지된다. 중간에 늦게 오는 사람이 있어도 늦게 온 사람은 '없는 사람'처럼 조용히 자리에 앉는다. 개인별 독서내용 발표시간 5분은 오로지 발표자만의 시간이 된다. 정치인들이 선거를 위한 토론방송에서 후보자별 발표시간에 다른 후보자의 질문은 금지되어 있고 질문시간에만 질문하게 되어 있는 것과 똑같다고 보면 된다. 개인별 발표시간에 다른 사람이 질문을 하면 그 사람의 개인별 발표시간은 줄어들게 된다. 또한 질문을 던지는 사람은 그 사람 말고 다른 사람이 발표할 때도 질문을 하게 되면 한 사람이 토론을 독점하는 일이 벌어진다.

어떤 연구자의 조사에 의하면 사람들은 듣는 것보다 말하는 것을 더 좋아한다고 한다. 책을 읽고 독서토론모임에 나와서 자신의 생각을 표출하는 의견 한 마디 못하고 간다면 얼마나 허무하겠는가? 개인별 독서발표시간에 5분이라는 시간제한을 두고 있지만 조장이 인위적으로 타이머로 시간을 재면서 발표를 중지시키기는 어렵다. 그래서 독서지향에서는 조별 토론 전에 3분짜리 모래시계 2개를 각조에 비치해 놓는다. 모래시계를 돌려가면서 2개를 다 사용하면 6분이기 때문에 최대한 모래시계 2개(6분) 이내로 발표를 끝내라는 무언의 압력을 시각적으로 보여준다.

개인별 독서발표는 '본깨적 방식'으로 발표를 한다. '본깨적 방식'은 양재나비에서 권장하는 독서법인데 본 것, 깨달은 것, 적용할 것으로 나누어서 독서를 하는 것이다. 본 것은 저자의 생각 중 중요한 문장이라고 생각되는 것이고, 깨달은 것은 책을 읽고 내가 깨달은 점이고, 적용할 것은 내 삶에 적용할 것을 각각 책의 여백에 적는 것이다. 5분의 개인별 독서발표를 위해서 본깨적 방식으로 독서를 하고 미리 책의 귀를 접어서 발표할 내용을 준비한다. 1분에 한 가지씩 발표를 한다고 보면 5개 정도 책에 크게 귀를 접어서 준비해오면 된다.

처음 온 사람들이나 책을 읽지 않고 온 사람들은 맨 나중에 발표한다. '들깨적' 방식으로 발표한다. 들깨적 방식은 다른 사람들의 발표내용을 듣고 깨달은 점과 적용할 것을 발표하는 것이다.

개인별 독서발표가 끝나면 상호토론을 하면서 시간제한 없이 심도 있는 토론을 진행한다. 이렇게 하면 1시간의 조별 토론이 끝난다. 참여자 모두 최소 5분 이상의 발표를 했기 때문에 소외된 느낌을 갖거나 하지 않는다. 다만, 책을 읽는 것이 관건이다. 본인의 일이 바쁘거나 시간관리를 잘 못해서 책을 읽지 못하고 오면 미안하고 부끄럽게 생각되어 본인 스스로 독서모임에 나오지 못하게 된다. 독서모임은 왔다 갔다 하는 시간이 낭비되므로 그 시간에 독서를 하는 것이 더 효율적이라고 생각하는 사람도 있다. 독서할 시간도 없는데 독서모임에 나올 시간은 더더욱 없다고 말한다.

어떤 성취를 얻기 위해서는 목표를 단순화시키는 것이 좋다고 한다. 나도 마찬가지로 독서를 하기 위해서 매주 토요일 아침에 양재나비 독서모임에 나가자는 단순한 목표를 세웠다. 하위 목표로 100일간 33권 독서, 1년에 100권의 독서를 목표로 했다. 상위목표가 단순하고 명쾌해야 달성하기 쉽다.

매주 토요일 이른 아침에 독서모임에 나가기 위해서 금요일에 일찍 잠자리에 들어야 하므로 불금이 없어졌다. 독서모임에 나가는 것을 목표로 해 책을 읽지 않고 가면 조원들에게 민폐가 되기 때문에 무조건 책을 읽고 나가려고 노력했다. 이렇게 독서모임을 통해서 독서하는 습관이 만들어진 것이다. 지금 막연하게 책을 읽어야지라고 생각하지 말고, 가까운 곳의 독서모임에 나가려고 생각해야 한다. 그것을 통해서 독서가 습관화되고 독서를 통한 삶의 긍정적인 변화를 경험하게 될 것이다.

독서모임으로
생각의 폭을 넓힌다

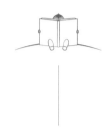

본인의 취향에 맞는 책을 할 때는 독서모임에 나오지만 본인의 취향과 맞지 않는 책이면 안 읽게 되고 독서모임에도 안 나오는 경우가 많다. 폐쇄적인 독서모임에서는 특정 장르나 일정한 경향의 책을 선정해서 보는 경우가 많다. 이런 모임에서는 도서선정은 이미 암묵적으로 합의가 되었기 때문에 다툼이 없다. 우리가 지향하는 독서모임은 열린 독서모임이다. 책을 좋아하는 사람은 누구나 함께할 수 있는 모임이다. 열린 독서모임에서는 책의 선정도 편향되어 있지 않고 열린 주제를 지향한다.

네오비 독서지향의 참여인원은 30~50여 명까지 들쭉날쭉하다. 본인의 취향에 맞거나 본인의 생업에 도움이 되는 분야에는 참석인원이 많다. 본인의 취향에 맞지 않거나 내용이 까다로운 책이 선정되면 참석인원은 상당수가 줄어든다. 네오비 독서지향이 공인중개사들의 모임이기 때문에 부동산업 관련주제의 책은 50여 명이 참석한다. 조금 까다롭게 생각하는 철학 관련 주제의 책이나 좀 두껍다고 느껴지는 책이 선정되면 30명을 간신히 넘기는 편이다. 2018년에 진행되었던 책 중에서도 조금 까다로운 주제를 다룬《이카루스 이야기》, 《책은 도끼다》,《회복탄력성》같은 책은 28명~32명 정도가 참석했다. 반면에 부동산업에 관련된 주제의 책을 다룬《나는 디벨로퍼다》, 《주택정책의 원칙과 쟁점》은 51~52명이 참석했다. 무엇보다 가장 많은 사람들이 참석하는 경우는 책을 읽지 않아도 참석에 부담이 없는 저자특강이다. 저자특강은 55~58명 정도 참석한다. 아무래도 책을 읽는 것은 쉬운 일은 아니기 때문이다. 무언가 뒤처지지 않고 싶은데, 책을 읽을 시간은 없다고 생각하는 경우 저자특강은 편하고 수동적으로 참여할 수 있으니 인기가 많다.

독서모임은 한두 번의 참여로 효과를 볼 수 없다. 꾸준한 독서와 변화하려는 노력으로 변화의 결과물을 성취할 수 있다. 네오비 독서지향은 2년 정도 운영한 뒤에 연회원제를 도입했다.

2017년 중간에 시작해서 7월~12월까지 반년 회원을 모집했다. 1회 참석비가 1만원(커피숍에서 진행하므로 장소대여료, 음료값, 간식비, 책 추첨 이벤트를 위한 도서구입, 기타 기부활동 및 저자특강 등 행사비용 목적)이다. 독서모임을 격주로 진행해 6개월에 13번 정도 진행하게 된다. 일단 반년 회비로 10만원을 내면서 본인이 독서모임 참석에 대한 의지를 강하게 할 수 있을 것으로 보았다. 반년 회원제에 대한 호응이 좋았다.

다음해에는 1년 회원을 모집해서 18만원으로 했다. 격주로 진행하는 독서모임의 1년 예상횟수는 25회가량 되었다. 1일 참석비로 1만 원을 받았는데, 2019년부터는 저자특강에 한해서 1만원을 2만원으로 인상해서 연회원제를 적극 유도했다. 이제 연회원은 90명을 넘겼다. 독서모임이 안착하기 위해서는 연회원제의 도입이 필요하다. 처음부터 무리하게 하는 것보다는 1~2년 정도 독서모임을 진행해서 어느 정도 정착이 되었을 때 연회원제를 시도해볼 필요가 있다. 연회원제를 도입해 회원들의 안정적인 참여를 유도한 상태에서는 도서선정에서 유연함을 가질 수가 있다. 1일 회원제로 했을 때는 참석인원을 예상하기 힘들어서 간식준비나 이벤트 도서 구입에 어려움이 있었다. 연회원제로 전환한 이후에는 아무리 어렵고 인기가 없는 책이라도 연회원의 절반 정도는 참여한다는 믿음이 생겼다. 연회원제 도입으로 책 선정이 자유로워져서 회원들의 참석률에 눈치를 보지 않고 과감하게 다양한 분야의 책을 다루고 있다.

독서의 목적이 지식이냐, 지혜냐 하는 논쟁이 있다. 나는 지혜를 얻기 위한 독서를 하라고 권한다. 지식을 얻기 위한 독서는 인공지능이 대체할 수 있는 것이다. 하지만 지혜를 얻은 사람은 인공지능을 지배할 수 있다. 단순 반복적이고 패턴화되어 있는 정형화된 지식을 습득해서는 인공지능을 이길 수 없다. 우리는 인공지능을 지배할 수 있는 지혜를 얻어야 한다. 지혜를 얻기 위해서는 사고가 유연해야 한다. 본인이 알고 있는 것이 세상의 전부인 양 한다면 타인과의 의사

소통에도 문제가 있다.

내가 1년에 100권씩 책을 읽고 있는 것을 듣고 감탄하는 사람들이 많다. 낮에는 일을 하면서 1주일에 2권씩 책을 읽고 있는 것이 가능하냐, 혹시 속독법을 배웠냐라고 묻는다.

학창시절에는 속독법에 관심이 있었다. 지금은 속독법에 대한 관심이 없어졌다. 속독법을 배웠던 것은 책을 남보다 몇 배 빨리 본다면 몇 배의 효과를 볼 수 있지 않을까 하는 생각에서이다. 속독법의 목적은 아는 것을 빨리 읽는 것이지 모르는 것을 빨리 읽을 수 있는 방법은 아닌 것 같다. 잘 아는 분야는 빨리빨리 넘기지만 잘 모르는 분야는 천천히 정독을 한다.

천천히 정독을 하면서 저자와 대화를 하는 것이 즐겁다. 정말 내가 좋아하는 사람을 만나서 빨리빨리 이야기해야 될까? 아니면, 천천히 이야기하면서 즐겁고 행복한 기분을 즐기려고 해야 될까? 천천히 즐기면서 이야기하는 것이 좋은 것이 아닌가? 독서도 마찬가지이다. 저자와 차분하게 대화하면서 여러 가지 생각을 정리하는 것이 중요하지, 독서의 권수를 채우는 것은 중요하지 않다.

독서 초심자들은 좀 쉬운 책을 보면서 독서를 습관화하는 것이 중요하다. 운동을 처음 시작한 사람이 급하게 운동 강도를 끌어올리면 몸에 이상이 생기는 것과 마찬가지이다. 독서를 처음 시작하는 사람들은 쉬운 책을 읽으면서 독서를 습관화해야 한다.

독서를 습관화하기 위해서는 하루 중에 일정한 시간을 독서에 할
애해야 하는 것이다. 저녁시간이 좋은 사람은 저녁 식사 후에 시간을
정해서 독서를 하고 아침시간이 좋은 사람은 아침 식사 전에 독서를
한다. 이렇게 하루 30분의 독서만 지속해도 한 달에 15시간의 독서
시간이 확보되어 2권 정도는 읽을 수 있게 된다. 절대 남는 시간에 독
서할 생각을 해서는 안 된다. 무조건 독서시간을 별도로 확보하고 일
정한 시간에 독서를 꾸준히 해야 한다.

네오비 독서지향과 부천 독서지향(일반인을 상대로 한 독서모임)에는
많은 사람들이 거쳐 갔다. 몇 차례 독서모임에 나오기도 하면서 못나
오는 사람들의 대부분의 이유는 독서는 좋은 것 같은데 도저히 독서
할 시간을 낼 수 없다고 한다. 아침 먹고 출근하고 퇴근해서 밥 먹고,
TV를 보면서 쉬거나, 친구들 만나서 즐거운 시간을 갖는다. 주말에
는 친구도 만나야 되고, 결혼한 사람들은 아이들과 놀아주고 양가 부
모님도 봬야 한다. 또는 밀린 일이 있으면 주중에 야근도 하고 주말
에도 일한다. 아무리 봐도 독서할 시간은 나지 않는다. 이미 하루 24
시간은 할 일이 정해져 있다. 우리 몸은 거기에 생체리듬이 맞추어져
있다. 사람이 새로운 습관을 들일 때는 몸에서 거부반응이 일어난다
고 한다. 운동을 시작할 때 생각해보면 쉽게 알 수 있다. 헬스클럽이
나 수영장, 체육관에서 새로운 운동을 위해서 등록해 시작하면 처음
한두 달은 몸도 피곤하고 근육이 뭉치고, 몸도 여기저기 욱씬욱씬 아
프고 한다. 그렇게 2~3달이 지나면 몸도 가뿐해지고 생기가 돈다.

이제 내 몸이 새로운 변화를 받아들이기 시작한 것이다.

독서도 마찬가지이다. 처음 1 ~2달은 쉽지 않다. 지금까지 내가 하던 습관 중에 한 가지를 버려야 독서를 시작할 수 있기 때문이다. 나 같은 경우는 TV를 멀리하고 술자리도 대폭 줄이면서 책을 읽을 시간을 확보했다. 운동은 줄일 수 없었다. 건강하지 않으면 모든 것을 잃는 것이기 때문이고, 책을 읽을 체력을 키우기 위해서라도 운동은 꾸준히 해야 한다.

어느 정도 독서가 습관화되면 다양한 책을 보도록 해야 한다. 본인이 좋아하는 책만 보면 사고가 확장되지 않는다. 본인의 분야에서 해답을 찾기보다는 다른 분야에서 해답을 찾아서 적용하는 사례는 무궁무진하다. 요즘은 통섭의 시대이다.

팀 페리스는 《타이탄의 도구들》에서 한 가지 분야에서만 잘하는 사람만이 성공하는 것이 아니고, 어느 특정 분야에서 상위 25% 안에 들어가는 재능이 2 ~3가지 결합되면 한 가지만 잘하는 사람 못지않게 성공할 수 있는 시대라고 한다. 4차 산업혁명의 시대는 일자리가 없어지는 시대이다. 계속 새로운 일자리도 생겨나는데 어떠한 것이 전망이 있을지 그것을 미리 준비하기가 쉽지 않다. 새로운 일자리의 기회는 여러 가지를 융합하는 가운데 생겨날 수 있다. 인터넷을 잘 다루는 사람이 영업을 잘한다든가, 대중연설을 잘하는 사람이 글을 쓰는 재주가 있다든가 하는 식이다. 팀 페리스는 한 가지 분야에서 최고는 아니지만 조금은 잘하는 것들이 몇 개가 결합되면 새로운 일을 계속 창출해낼 수 있고, 대체불가의 분야를 창조해낼 수 있다고 한다. 이러한 자기주도학습의 힘으로 다양성과 융통성을 키울 수 있다.

독서를 할 때는 분야를 가리지 말고 다양한 독서를 섭렵해야 한다. 새롭고 낯선 분야의 독서는 시간도 걸리고 쉽지 않다. 하지만 이러한 도전을 통해서 독서근육이 키워지고 새로운 분야에 대한 지식이 쌓이면서 독서하는 사람의 사고가 그만큼 확장된다. 잘 읽히지 않고 불편한 독서는 나를 성장시키는 자양분이라는 것을 명심하자.

멀리 가려면
함께 가야 한다

피터 드러커는 "모임은 재미와 유익이 있어야 한다"고 했다. 재미만 있는 모임은 참석해서 웃고 즐길 때는 좋지만 돌아갈 때 허탈한 마음이 든다. 유익하기는 하지만 재미가 없는 모임은 다시 참석하려고 할 때 가슴 설레고 즐거운 마음이 없다. 적당한 재미와 유익함이 공존하는 모임이나 조직이 성공할 수 있다. 독서모임은 유익함은 차고 넘친다. 여기에 재미만 가미한다면 된다는 생각이 들었다. 어떻게 재미를 가미할 것인지 끊임없는 질문을 던졌다. 질문을 하면 해답이 나온다.

독서모임에서 재미를 더하는 방법으로 가장 좋은 것은 저자특강이다. 책의 저자강의를 직접 듣는다는 것은 흔하지 않은 경험으로 참석자들에게 감동과 흥분을 준다. 그 외에 워크숍이나 야유회, 번개모임을 갖는 것이다. 독서모임이 끝나는 아침 9시경에 함께 식사를 하기 시작했다. 함께 식사를 하면서 독서모임에서 못 다한 이야기도하고 신변잡기도 이야기한다. 독서모임에서의 조금은 형식적이고 공적인 관계에서 격식 없는 사적인 관계가 병행하면서 인간적인 친밀도가 높아지는 것 같다.

아울러 독서모임의 유익함은 독서를 통해서 얻은 지식을 실천하는데 있다고 본다. 독서모임에서 얻는 유익함에 대해서 독서 자체로 충분한지 고민을 했다. 독서 자체로 충분하다면 혼자 독서하는 것이 훨씬 효율적일 수 있기 때문이다. 혼자서 변화를 위한 실천을 하면 나태해지기 쉽기 때문에 서로 격려하면서 함께 진행한다. 리더는 모범을 보여야 하기 때문에 실천에 더욱 엄격해야 한다. 리더의 모범에 의해 일반 회원들도 따라온다. 동료들이 함께하기 때문에 지치지 않고 계속 할 수 있다.

사람은 작은 변화를 주려고 해도 본인의 회복력에 의해서 과거로 회귀하는 경향을 가지고 있다. 적어도 3주 이상 진행될 때 변화가 어색해지지 않고 3개월 이상 진행하면 변화는 나의 것이 된다. 이제 과거로 돌아가는 것이 더 어려워진다. 이렇게 고비를 넘을 때마다 함께하는 동료들이 있어서 지치지 않게 된다.

독서를 하지 않는 과거의 친구들은 끊임없이 우리를 유혹한다.

"독서를 한다고 뭐가 달라져?"

"더 재미있는 일이 많잖아?"

"요즘은 미디어의 시대인데 굳이 미디어가 아닌 독서를 왜 하는데?"

"꼭 독서를 해야만 사람이 변할 수 있는 거야?"

이러한 유혹에 넘어가서 독서를 포기하고 다시 과거로 돌아가고 만다. 조금만 더 참고 내 것으로 만들면 새로운 세상이 보이는데 거기서 포기하고 마는 사람들을 보면 안타깝기 그지없다.

독서모임의 독서방법은 5단계 독서법을 지향한다.

첫번째는 책을 한번 읽는다.

두 번째는 조별 토론에서 발표하기 위해 다시 책을 들쳐본다.

세 번째는 조별 토론에서 발표하면서 책을 본다.

네 번째는 전체토론을 들으면서 사고의 폭을 넓힌다.

다섯 번째는 '원포인트 레슨'을 진행한다.

'원포인트 레슨'은 미리 선정된 한 사람이 파워포인트로 프레젠테이션 자료를 만들어 책의 전체 내용을 갈무리해서 30분 정도 발표를 한다.

이렇게 총 5번을 읽게 된다. 한 번 읽은 책은 한 달 뒤에 5~10% 정도 밖에 안 남는다고 한다. 그리고 더 많은 시간이 흐르면 거의 남는 게 없다. 하지만 이렇게 동일한 책을 반복해서 보면 기억은 훨씬 오래 남는다. 혼자서 책을 읽는 사람이 같은 책을 다섯 번이나 읽을 일이 있을까? 또 새로운 책을 보기에 바쁠 것이다. 이렇게 반복의 힘

독서모임에서 재미를 더하는 방법으로 가장 좋은 것은 저자특강이다.
책의 저자강의를 직접 듣는다는 것은 흔하지 않은 경험으로
참석자들에게 감동과 흥분을 준다.
그 외에 워크숍이나 야유회, 번개모임을 갖는 것이다.

을 주는 것이 독서모임의 힘이다.

네오비 독서지향을 진행하면서 줄곧 목표로 했던 것이 있었다. 공인중개사 독서모임인 네오비 독서지향 외에 지역사회에 기여할 수 있는 일반인을 위한 독서모임을 만들고 싶었다. 그 목표를 위해서 부천의 지역사회에 기반을 만들기 시작했다. 2개의 협동조합에 가입해서 활동을 했다. 그 중에서도 지역신문을 만드는 '콩나물 신문 협동조합'에 중점을 두고 참여했다. 대의원이 되어 활동을 하고 콩나물 신문에 글을 투고하기도 하면서 2년의 시간이 흘렀다. 어느 정도 인지도와 신뢰가 쌓였다고 생각되어서 부천 독서지향을 담쟁이 문화원에서 일요일 아침 7시 15분에 시작하기로 했다. 처음에는 네오비 독서지향 회원 중에서 부천과 인근에 거주하시는 회원님들이 적극 도와주었다. 지금은 콩나물 신문 협동조합의 조합원들과 인근 지역의 주민들이 참여하고 있다. 이렇게 부천 독서지향은 부천에서 뿌리를 내리고 자리잡게 되었다.

우리 독서모임 회원들은 지갑에 명함크기의 '드림카드'를 가지고 다닌다. 금년이나 내년까지 본인이 달성할 목표 4~5가지를 적는다. 구체적인 수치로 계량화할 수 있는 것을 적어 가지고 다니면서 수시로 본다. 목표를 적으면 이루어진다. 그리고 나중에 얼마나 성취되었는지 서로서로 발표를 한다. 이러한 모임이 아니라면 스스로 이러한 실천활동을 하는 것이 쉬울까 생각해보자. 아주 실행력이 뛰어난 사람은 바로바로 만들어서 실천할 수도 있겠다. 하지만 대부분의 사람들은 본인의 일이 바쁘다. 갑자기 중간에 뛰어든 일을 할 마음의 여유가 없다. 이러한 것을 가능하게 하는 독서모임이야말로 진정한 재미와 유익을 갖춘 모임이라고 할 수 있다. 좋은 성과를 얻으면 모임에 충성도가 높아지고 열심히 활동하고 모임을 전파하려고 노력하는 팬덤이 된다. 팬덤이 늘어나면서 모임은 시너지를 갖고 더욱 커지고 서로에게 좋은 영향력을 미쳐서 더 좋은 결과를 얻는 선순환의 고리에 들어서게 된다.

긍정의 힘을
나눠야 하는 이유

　우리 독서모임에서는 자기계발서를 많이 다루는 편이다. '자기계발'은 '자기내면의 잠재력을 끌어내고 변화해 과거의 나와 다른 새로운 인간형으로의 변화'라고 정의할 수 있다. 자기계발서에는 마인드의 변화를 강조하는 책도 있고, 성공한 사람들의 성공 방법을 알려 주는 책도 있고, 세상의 지식을 알려 주는 책도 있다. 문학, 역사, 철학, 언어, 예술, 종교로 대변되는 인문학 책도 넓은 의미의 자기계발서로 볼 수 있다. 인문학 책을 통해서 인생의 지혜를 배우고 과거와 다른 새로운 나로 거듭날 수 있기 때문이다. 주변에는 자기계발서는 천박한 성공학에 관한 책이라고 폄하하는 사람들이 많다. 그렇게 이야기하는 사람들은 자기계발서를 편협되게 보고 있는 이유도 있지만, 자기계발서를 보고서 글자 그대로 '자기만 계발' 하는 이기적인 사람들이 있기 때문일 거라고 생각한다.

박병오 대표는 나누는 것을 좋아한다. 가끔은 책도 여러 권 가져와서 책 나눔을 하는 이벤트 도서에 더 많은 사람들이 기쁨을 누릴 수 있도록 나눔을 실천한다. 박병오 대표는 남에게 베푸는 것이 본인의 즐거움이라고 한다. 이런 긍정적인 마인드가 좋은 영업성과를 가져오고 독서모임에도 영향을 미친다. 독서모임을 통해서 본인이 얻을 것을 회원들에게 돌려주려고 서로서로 애쓴다. 함께 나눔의 삶을 실천하면서 독서모임을 행복의 공간으로 만들어간다.

독한 시어머니 밑에서 자란 며느리가 나중에 시어머니가 될 때 '좋은 시어머니가 되겠다'고 다짐을 하지만 또 다른 독한 시어머니가 된다고 한다. 부정이든 긍정이든 다른 사람을 보면서 닮아간다고 한다. 그래서 누구든지 미워하지 말라고 한다. 미워하는 사람을 욕하면서 자기 자신도 그런 사람이 된다. 옛 선인들은 나쁜 말을 들으면 귀를 씻는다고 했다. 생각조차 하지 말라는 것이다. 근묵자흑 근주자적이다. 끼리끼리 어울린다는 말이다. 내가 과거에 음주가무를 좋아할 때는 주변에 음주가무를 좋아하는 사람들이 많이 모인다. 지금은 책을 좋아하니까 책을 좋아하는 사람들이 많아졌다. 끌어당김의 법칙이다. 사람들 간의 인력이 작용해 서로서로에게 상승작용을 일으키는 것이다. '내 주변에는 왜 이렇게 좋은 사람이 없나' 한탄을 하지 말고 자신이 좋은 사람이 되려고 노력해보는 것은 어떤가?

독서를 시작하면서 '3P바인더'를 함께 쓰기 시작했다. 3P바인더는 3P자기경영연구소의 강규형 대표가 만든 것으로 목표를 세우고 시간관리와 자기관리를 지속하면서 계속 적어나가는 도구이다. 3P 바인더는 독서의 실천도구이다. 독서를 통해서 삶이 변하기 위해서는 지속적으로 실천할 수 있게 하는 도구가 필요하다. 새로운 습관이 내 것이 되는데 필요한 시간은 66일이 걸린다고 하는데 지칠 줄 모르는 열정을 가능하게 해주는 도구로 3P바인더 만한 것이 없다. 진짜와 가짜를 구별하지 못하는 뇌를 잠시 속이고 내일은 더 나은 내가 되기 위한 도구이다.

독서를 통한 간접경험으로 끊임없이 피드백을 주고받으면서 뇌를 트레이닝시키고 있다. 이러한 경험을 다른 사람들과 나누고 싶다. 독서모임에서 영향을 받은 사람들이 변하면서 다른 사람들에게 꿈과 희망을 주는 일에 함께 동참하고 있다. 독서를 시작한 이래 모든 것이 나아졌다. 매출도 늘고, 독서량도 늘고, 가족과 함께하는 시간도 늘고, 술의 양은 줄고, 함께 독서하는 사람들도 늘었다. 다른 회원들도 모두 이구동성으로 독서를 알게 되어서 감사하고 행복하다고 했다. '행복하다'는 말이 저절로 나온다. 행복 바이러스는 우리 독서모임 내에서 계속 퍼진다. 우리 독서모임 단톡방에서는 감사하고 행복한 일이 넘쳐난다. 이른 아침을 깨우는 '굿모닝'을 톡방에 남기면서 서로를 격려해준다.

자기계발은 자기만 잘되는 것이 아니라 함께 잘되어야 진짜 자기계발이다. 성공과 행복은 대부분의 사람들이 원하는 것이다. 성공과 행복을 위해서는 좋은 대인관계가 필수적이다. 남을 이용하려고 만 하고 배려가 없는 사람은 한 번의 성공은 가능할 수 있지만 2번째의 성공, 더 큰 성공은 쉽지 않다. 다른 사람들이 그런 이기적인 사람의 성공을 원치 않는다. 혼자 하는 독서가 아닌 독서모임에서의 독서는 함께하는 것을 기본으로 한다. 토론하는 과정에서 상대방을 배려하 는 마음이 생길 수밖에 없다. 상대방의 말을 경청해야 하고, 나의 생 각을 상대방에게 설득하기 위해서 역지사지하는 마음을 갖는다. 그 러나 독서모임에서 모든 사람이 상대방을 배려하고 함께하는 마음을 갖지 않는다. 이런 사람들은 본인의 취향에 맞지 않는 책이 선정될 때는 참석을 하지 않는다. 그렇게 몇 달을 띄엄띄엄 나오다가 결국은 독서모임에 나오지 않는다.

열린 마음을 갖고 포용력 있게 사고를 확장하려면 다양한 분야의 책을 봐야 한다. 어떤 책이든 도전해보려는 마음을 가진 사람들이 좀 더디도 독서를 지속적으로 하면서도 성과도 잘 낸다. 서로 배려할 줄 알고 긍정 에너지가 넘치는 사람은 조직에 활력을 불어넣는다. 혼자 하는 독서는 실천력이 떨어질 수밖에 없다. 누군가 지켜보지 않고 스 스로 자율적으로 규제해야 하는 것은 쉽지 않은 일이다.

독서모임에서는 '레프리 효과'가 있다. '레프리 효과'는 다른 사람 이 심판을 봐주는 것이다. 실천을 잘하는지 지켜보는 사람이 있어야 지치지 않고 할 수 있는 것이다. 매일 꾸준히 해야 하는 일들이 대부분 그렇다. 급한 일은 누구나 한다. 문제는 중요한 일인데 지금 당장 안 해도 표가 나지 않는 일은 자꾸 미루게 되어 있다. 대표적인 것이 운동이나 독서이다. 하루 이틀이나 일주일 정도 운동을 하지 않는다고 건강에 크게 문제가 생기지는 않는다. 그렇지만 누적되어 몇 개월 이상 지속되면 건강에 문제가 생기게 된다. 특히 몸의 신체적인 기능이 떨어지기 시작하는 중년 이후에는 규칙적인 운동이 중요하다.

마찬가지로 독서도 몇 달 하지 않는다고 크게 문제가 되지 않는다. 독서를 하지 않는다고 큰일 나는 것은 아니다. 대부분의 사람들이 책을 읽지 않고도 잘 살고 있다. 독서모임에서 독서를 하면 얻게 되는 긍정적인 피드백에 관한 이야기나 여러 가지 좋은 실천도구의 공유를 통해서 더 나은 삶을 살 수 있다. 혼자 하는 독서에서 편협되게 사고할 수 있는 것을 함께하는 독서인 독서모임을 통해서 극복하고 포용력 있는 마음을 가질 수 있게 된다. 긍정의 힘을 함께 나눌 수 있는 독서야말로 사람을 살리는 독서, 인생의 참맛을 알게 해주는 독서라고 할 수 있다.

처음 1년은
미쳐야 한다

작심삼일을 7번만 하면 21일이다. 21일이면 좋은 습관을 만들 수 있는 시간이라고 한다. 66일이면 만들어진 좋은 습관을 유지할 수 있는 시간이다. 새로 습득한 습관이 불편하지 않고 편안하게 느껴지는 시간이다. 이 상태로 1년을 유지하면 평생 가는 습관이 될 수 있다. 많은 사람들이 독서모임 초반에 열심히 나오다가 포기하는 경우가 많다. 그 고비가 2개월이다. 2개월을 꾸준히 독서모임에 나오면 계속 나올 확률이 높아진다.

독서모임에 나오기 위해서는 독서를 꾸준히 해야 한다. 2주에 한 번 하는 독서모임에 오기 위해서는 적어도 300페이지 정도 되는 책 1권을 2주 안에 읽어야 한다. 하루에 20페이지 이상은 읽어야 하는 분량이다. 몰아서 보려고 하면 주말을 꼬박 책만 봐야 한다. 주말에 책만 보는 것보다는 매일 꾸준히 책을 읽는 것이 쉽다.

하루에 30분 정도만 투자하면 어려운 철학책이 아니고 일반적인 도서라면 20페이지 정도 보는 것은 어렵지 않다. 문제는 30분의 시간을 내기 위해서는 잠을 줄여서 될 일은 아니라는 것이다. 잠을 줄이는 것보다는 낭비되는 시간을 찾아서 그 시간에 독서를 하는 것이다. 낭비되는 시간을 줄이기 위해서는 TV나 스마트폰을 보는 시간을 줄이는 것이 급선무이다.

독서는 인생에서 시급한 것은 아니다. 오늘 당장 독서를 하지 않는다고 큰 문제가 생기는 것은 아니다. 독서는 시급한 문제는 아니지만 중요한 문제이다. 꾸준한 독서를 한 사람과 그렇지 않은 사람의 차이는 오랜 시간이 누적될수록 커진다. 급격하게 변화하는 세상에서 도태되지 않기 위해서 끊임없이 새로운 것들을 받아들이고 유연한 사고를 하도록 노력해야 한다. 독서는 자신의 인생을 풍요롭게 하고 세상에서 잘 살아갈 수 있게 해주는 도구이다.

지금 내가 살아가는데 아무 문제가 없다고 해서 문제가 없는 것은 아니다. 꿩이 적으로부터 달아날 때 머리를 땅에 박고 있는 경우가 있다. 꿩은 결국 적에게 잡히고 만다. 자신의 눈을 가린다고 해결될 문제는 아닌 것이다. 내가 외면한다고 해결될 문제가 아니다. 문제를 똑바로 직시하고 해결하려고 덤벼들면 못 풀 문제는 없다. 독서를 하기 전에는 인생의 목적이 무엇인지 진지하게 고민해보지 않았다. 설사 그러한 책을 읽었어도 그것은 나의 문제가 아니었다. 그저 지적 호기심을 만족시켜 주고 잘난 체하는 도구로만 책을 이용했다. 철저하게 내 삶 속에서 진지하게 고민해보지 않았다. 독서를 해도 내 삶이 똑같은 것은 나의 행동이나 습관은 그대로이기 때문이다.

규칙적으로 매일 꾸준히 독서를 하는 것은 자신의 생활습관을 바꾸는 것이다. 독서를 하는 것보다 중요한 것은 독서를 통해서 변화하는 것이다. 변화를 목적으로 독서를 해야 변화할 수 있다. 자신의 생활습관은 그대로이면서 변화하겠다는 것은 모순이지 않은가. 남을 속일 수는 있어도 자신을 속일 수 없다. 겉으로는 변한 것 같아도 속으로 변하지 않은 것은 누구보다 자신은 잘 안다. 내 생활습관이 과거와 똑같다면 변했다고 말할 수 없는 것이다. 규칙적으로 독서의 습관을 갖는 것은 좋은 습관 하나가 생기는 것이다. 이러한 것이 쌓이고 쌓이면 내가 변하는 것이다. 책의 내용도 중요하지만 독서하는 과정에서 이미 승자가 된 것이다.

독서를 지속시켜 주는 힘은 독서모임에 참가를 통해서 길러질 수 있다. 규칙적으로 독서 동지들을 만나면서 독서와 열심히 살아가는 모습을 서로 격려해준다. 이 시간을 통해서 에너지를 듬뿍 받는다. 독서모임이 끝나고 일상으로 돌아가서 다음 모임에서 만나서 떳떳하고 부끄럽지 않기 위해서 열심히 독서하고 준비한다. 이러한 선순환이 반복되면서 나도 모르게 변화하는 것을 느끼게 된다. 사고가 긍정적으로 바뀌고 어떠한 어려움에도 좌절하지 않는다. 도저히 답이 나올 거 같지 않은 상황에서도 냉정하게 현실을 직시하면서 답을 찾아낸다.

독서를 하는 사람은 이러한 것을 해낼 수 있다. 세상의 모든 것을 경험해볼 수는 없다. 독서를 통한 간접경험이 많은 사람은 두려움이 없다. 이러한 경험을 하려면 독서의 임계점을 넘어야 한다. 독서의 권수가 중요한 것이 아니고 일상에서 승리하는 경험을 통해서 자신감을 얻는 것이다. 내가 지치지 않고 안 좋은 습관을 버리고 꾸준한 독서를 한다는 것 자체가 쾌감을 준다. 꾸준하게 1년을 지속한다면 이미 그는 승리자다. 1년을 꾸준히 한 사람은 독서의 매력을 알아버렸기 때문이다. 이미 독서의 맛을 알아버렸기 때문에 누가 뭐라고 해도 평생 독서를 할 수 있는 힘을 갖게 된다.

1년의 과정동안 수많은 시련과 도전이 있다. 많은 유혹에도 흔들리지 않고 지속하면 끌어당김의 법칙에 의해서 주위에 좋은 에너지를 가진 사람들만 모인다. "성공하려면 나보다 잘난 사람을 만나야 된다"고 한다. 항상 새로운 것을 받아들이고 독서를 하고 자기관리를 잘하는 사람들을 만나는 것 자체만으로도 성공의 길에 한 걸음 다가간 것이다. 이렇게 1년을 지속하면 내가 변하고 주변이 변한다. 주변에서 나를 바라보는 시선이 변한다.

네오비 독서지향의 이현노 대표는 50대 중반으로 30년간 독서를 하지 않다가 독서모임에 가입해서 독서를 한 지 2년가량 되었다. 이전의 이현노 대표는 사람들과 어울리는 것을 좋아해 저녁 술자리가 많았다. 독서를 시작한 이래로 가족 간의 유대도 좋아지고 술을 절제하고 독서를 하는 모습을 보여줌으로써 가장으로서 신뢰도 쌓이면서 가정의 분위기도 좋아졌다고 한다. 그는 독서를 시작하면서 3P바인더 사용법을 배웠다. 이후 독서와 바인더가 생활화되면서 가정의 화

목은 물론 운영하는 사무실의 매출도 올라가서 행복하고 여유로운 생활을 보내고 있다. 그렇게 1년을 꾸준히 하고 나니 이제는 네오비 독서지향에 빠지지 않고 조별 토론에서 조장의 역할을 하면서 나눔의 삶을 실천하면서 다른 회원들의 모범이 되고 있다.

교학상장(教學相長)이라는 말이 있다. "서로 가르쳐주면서 함께 성장한다"는 뜻이다. 독서모임이 바로 교학상장하는 모임이다. 리더는 모범을 보여야 하기 때문에 성장하고, 회원은 리더를 따라하면서 성장한다. 또한 회원 상호간 서로 좋은 영향을 주고받으면서 성장한다. 자기 절제가 뛰어난 사람은 혼자 독서를 해도 성장할 수 있을 것이다. 하지만 백지장도 맞들면 낫다는 말이 있듯이 "함께하면 더 큰 성과를 더 쉽게 낼 수 있다." 내가 힘들고 슬럼프에 빠졌을 때 함께하는 동료가 다독거려주거나, 열심히 하는 동료를 보면서 자극이 되게 된다.

브라이언 트레이시는 "나는 '나' 주식회사의 CEO이다"라고 말한다. '나'라는 주식의 가치를 끊임없이 높이기 위해서 노력해야 한다. 새로운 것을 배우고, 통찰력을 가지면서 변화에 적응해서 '나' 주식회사의 가치를 높여야 한다. 나는 내 인생의 주인공이다. 독서라는 좋은 습관을 만들어서 나의 가치를 높일 수 있는 기회를 놓치지 말자. 1년을 꾸준히 하면 평생을 계속 할 수 있다. 1년을 꾸준히 독서하면서 내 인생이 바뀌는 것을 경험할 것이다. 그러한 좋은 경험 후에는 과거로 회귀할 수 없을 것이다. 독서를 통해서 인생의 전기를 마련해보자.

더 나은
미래를 위해

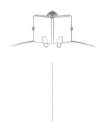

대한민국은 2차 세계대전 이후 세계에서 가장 고속 성장을 이룩해 전쟁의 폐허를 딛고 OECD에 가입하고, 1인당 GDP 32,775달러(2018년)에 달하며, 이는 세계 29위에 해당하는 수치이다. 세계경제포럼(WEF)의 국가 경쟁력 평가에서 한국은 2018년에 전 세계 140개국 중 15위에 올랐다. 2014~2017년 4년 연속 26위에 머무르다 급상승했다. 반면 세계 최장 노동시간, 세계 최고 자살률, 세계 최저 출산율에 2018년 유엔이 발표한 세계행복보고서에서 한국의 행복지수는 세계 57위에 그치고 있다.

대한민국은 광복 직후 식량이 없어서 무상 원조를 받는 세계에서 가장 가난한 나라였다. 경제개발 5개년 계획 등 정부 주도 정책으로 현재는 국내총생산(GDP) 세계 12위로 원조 받던 나라에서 원조를 하는 유일한 나라가 됐다. 그러나 초고속 압축성장의 부작용은 컸다.

정부 주도 경제 발전의 열매가 대기업과 고소득층에 집중돼 소득 불평등이 심화됐다.

최근에는 자동차·조선 등 주력 산업이 고꾸라지고 반도체를 이을 미래 먹거리는 손에 잡히지 않는다. 급속한 고령화와 인구 감소로 내수 침체는 악화될 가능성이 큰데 미·중 무역 분쟁 등으로 경제를 견인했던 수출에도 빨간불이 켜졌다. 대대적인 경제 패러다임 전환이 필요한 상황이다. 전문가들은 돌파구로 '혁신성장'과 '남북 경제 협력'을 꼽는다. 4차 산업혁명 기술로 신성장 동력을 발굴하고 남북 경협으로 새 시장과 투자를 창출해야 '한강의 기적'을 미래 100년간 '한반도의 기적'으로 이어 갈 수 있다는 것이다.

> 문재인 대통령은 지난해 12월 국민경제자문회의를 주재하면서 "'추격형 경제'로 우리가 큰 성공을 거둬 왔는데 이제 그 모델로 가는 것은 한계에 다다른 것 같다"면서 "새로운 가치를 창출하고 선도하려면 필요한 것은 역시 혁신"이라고 강조했다. 선진국 기술만 뒤쫓던 과거에서 벗어나 4차 산업혁명 신기술을 선도하겠다는 것이다.
>
> 출처: 서울신문 2019. 1. 3. 기사

4차 산업혁명을 통한 기술선도로 현재의 위기를 타개하겠다는 것이다. 이러한 4차 산업혁명은 과거처럼 관이나 대기업 주도로 이루어지지 않는다. 아래로부터 소규모의 스타트업 기업을 많이 육성해야 한다. 이러한 스타트업 기업을 운영할 인재들은 어떻게 키울지 고민을 해봐야 한다. 미래학자들은 2030년대에는 대부분의 대학이 없어질 것으로 보고 있다. 무어의 법칙에 따라 기하급수적으로 기술이 발전하고 있다. 대학에서 한 가지 학문을 2~4년간 배우는 동안 세상이 변해버린다. 게다가 대학에서 학문으로 정립되어 가르치려면 오랜 시간 검증을 해야 하기 때문에 이미 오래 전의 것을 배우고 그마저도 또 변해버려서 쓸모가 없어지고 만다.

향후에는 3~6개월간 단기간에 배워서 몇 년간 사회에서 써먹고 또 새로운 것을 습득해야 한다. 이러한 세상에서는 좋은 학벌, 스펙이 중요하지 않다. 새로운 것을 습득할 수 있는 자기주도 학습능력이 있는 사람들이 더 필요하다. 지금 초등학교에 입학하는 아이들은 80% 이상이 세상에 존재하지 않는 직업을 가지게 될 거라고 한다. 세상에 존재하지도 않는 직업을 가질 아이들에게 무엇을 가르칠 것인가? 요즘 초등학생들 사이에 유튜버(크리에이터)가 되겠다고 하는 아이들이 많다고 한다.

교육부와 한국직업능력개발원이 2018년 12월 14일 발표한 학생과 학부모, 교사 4만7886명을 설문한 '초·중등 진로교육 현황조사'의 결과를 보면, 초등학생 장래희망에 유튜버가 5위를 차지했다. 1위는 운동선수, 2위는 교사, 3위는 의사였다. 유튜버(5위)가 가수(8위), 프로게이머(9위), 만화가·웹툰작가(11위)를 제친 것이다.

이렇게 변화하는 세상에서 교육은 틀에 박힌 것만을 가르쳐서는 미래형 인재를 키워낼 수 없다. 그래서 요즈음 교육트렌드는 문·이과 통합, 자유학년제 등 다양한 방법으로 교육개혁을 시도하고 있다. 이러한 다양한 교육개혁에도 불구하고 미래학자들은 2030년대 중반에는 공교육이 무너질 것으로 보고 있다.

구글에서는 2011년에 6천 명의 직원을 채용하는데 4~5천 명은 인문학 전공자로 채용해서 센세이션을 일으켰다. 이에 영향 받아서 국민은행 등은 신입사원 채용시 자소서에 최근 읽은 인문학 독서 10권을 적게 했다. 국민은행은 서울대 필독서, 삼성경제연구소 추천서, 4대 서점 스테디셀러 등에서 중복 추천된 인문서적 30선을 예시했다. 국민은행 관계자는 "예시한 30선 이외의 책을 써도 무방하며 굳이 10권을 모두 쓰지 않아도 불이익은 없다"고 말했다.

이러한 변화는 과거의 틀에 박힌 인재보다는 인간에 대해 이해하는 새로운 인재형을 요구하고 있다고 말할 수 있다. 과거와 달리 다양한 욕구를 가진 소비자들을 획일적으로 대하면 실패한다. 다양한 소비자들의 욕구를 파악할 수 있는 인문학에 대한 이해가 높은 사람들을 선호하는 것이다.

인문학은 흔히 문·사·철로 말해지는 문학, 역사, 철학만을 의미하는 것은 아니다. 인문학은 문사철 외에도, 언어, 예술, 종교로 구성되어 있다. 한마디로 인간에 대한 모든 것이다. 문사철만 중시하는 것은 인간을 너무 편협되게 보는 것이다.

언어를 통해서 인간의 사고체계를 이해할 수 있다. 언어가 다르면 같은 단어로 알고 있는 것이 정확히 1대 1 매칭이 되지 않는 경우가 많다. 예술은 인간의 감성을 발달시키는 분야이다. 동서양의 대표적인 철학자인 소크라테스와 공자도 각각 리라와 비파라는 악기를 연주하곤 했다는 기록이 있다.

종교는 인간의 사고를 지배하는 강력한 도구이다. 이러한 것들이 모두 인간을 이해하는데 기본적인 것들이다. 이러한 인문학을 공교육에서 모두 가르치기는 어렵다. 깨닫고 실천해 자기 것으로 만들어야 하는데 현재의 학교 시스템, 특히 고등학교에서는 평가의 기능에 치중하고 있는 실정이다. 이러한 풍토에서 빌 게이츠, 스티브 잡스, 마크 저커버그가 나오기를 기대하는 것은 연목구어 같은 일이다.

인문학은 인간에 대한 사랑을 기본으로 하고 있어야 한다. 서로 경쟁하면서 서열을 매기는 지금 같은 학교 풍토에서는 인문학이 비집고 들어설 자리가 없다. 모든 것을 경쟁구도로만 보아서는 새로운 판을 짤 수 없다. 남과의 경쟁이 아닌 나 자신과의 경쟁이 진정한 경쟁이다. 어제의 나와 경쟁하고, 오늘의 나와 경쟁해 더 나은 내일의 나를 만들도록 갈고 닦아야 한다. 미래의 산업생태계는 글로벌 넘버원만 존재한다. 현재까지 우리나라가 성공해온 빠른 추격자 전략은 이제 통하지 않게 된다.

나만의 생각을 통해서 새로운 프레임을 만들어야 한다. 우리가 표준을 만드는 국가가 되어야 한다. 표준을 만들지 못하는 국가는 선진국이 될 수 없다. 표준을 만드는 것은 기존의 학교교육보다는 독서와 사색을 통한 자기주관을 확립한 사람만이 가능하다. 정답을 맞추는

식의 교육으로는 새로운 표준을 만들지 못한다. 남이 만들어놓은 표준에 맞추기 위해 애를 쓸 뿐이다.

독서와 사색을 통해 창의력을 개발하고 다가오는 4차 산업혁명시대의 인재가 될 수 있다. 우리의 미래는 단순한 국민소득의 향상만이 아니다. 1인당 국민소득이 높은 나라가 선진국은 아니다. 1인당 GDP가 높은 나라 중에 카타르는 세계 7위 66,200달러로 우리나라 보다 2배 이상이다. 하지만 카타르를 선진국이라고 하지는 않는다.

선진국이라면 국민소득 외에 국민들의 전체적인 교양수준이 높아야 된다. 문화와 예술을 사랑하고 서로 배려하고 자신의 의무를 다하는 사람들이 인정받는 사회이다. 이러한 사회는 국민소득이 높아진다고 저절로 이루어지지 않는다. 과거의 쿠웨이트는 1인당 GDP로 우리나라보다 몇 갑절이나 잘 사는 나라였다. 2018년 IMF통계에 따르면 1인당 GDP는 우리나라가 32,775달러로 쿠웨이트는 28,880달러에 그치고 있다. 석유 하나에만 의존해서 국민소득이 높았다가 석유가격의 하락으로 순식간에 국민소득이 줄어든 것이다. 석유 외에 다른 대안을 찾지 못하고 있는 것이다.

우리가 제조업으로 이만큼의 성과를 이루어냈다고 만족할 것이 아니다. 제조업보다는 4차 산업혁명시대에 적합한 인재를 양성해 국가 경쟁력을 키움과 동시에 교양수준이 높은 사회로 만들어서 진정한 선진국이 되도록 해야 한다. 독서를 통한 사고의 확장으로 창의력을 개발하고 미래사회에 대비하는 것만이 대한민국이 살 수 있는 길이다.

지금 당장
독서모임 시작하라

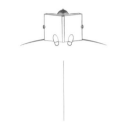

독서가 좋은 것은 알겠는데 시간을 내기 어려운 사람들에게 독서모임의 참여는 꼭 필요하다. 정기적인 독서모임의 참여를 통해서 독서를 습관화하도록 하자. 독서모임에 참여하면서 다른 사람들의 독서와 본인의 독서를 비교하고 서로 나누면서 배우도록 한다. 다른 사람들이 열심히 독서하고 독서모임에 참여하는 것에 자극을 받아서 본인도 그렇게 될 수 있도록 한다.

독서를 꾸준히 하는 사람들은 어떻게 살고 있는지 배우도록 한다. 시간이 없다는 핑계는 대지 않도록 하자. 시간은 얼마든지 만들 수 있다. 의미 없이 낭비되는 시간을 줄여서 독서에 할애하면 된다. TV보는 시간을 줄이거나 없애고, 술 먹고 잡담하는 시간을 줄여본다. 신문보고 SNS하는 시간도 줄여본다. 잠자는 시간까지 줄일 필요는 없다. 운동하는 시간도 반드시 필요하다. 단지, 의미 없이 낭비되는 시간을 줄여보면 독서할 시간은 충분히 나온다.

우선은 하루 30분만 독서에 할애해보자. 가장 좋은 시간은 이른 아침에 가족들이 일어나기 전이다. 저녁시간에 독서하는 것도 좋지만 사회활동을 하는 직장인들은 변수가 많이 생기기 때문에 독서의 리듬이 끊기기 쉽다. 아침시간에 꾸준히 30분만 독서를 해도 한 달에 2권 정도의 독서는 가능하다. 독서가 규칙적으로 습관화가 되면 2주일에 1권에서 1주일에 1권도 가능해지면서 본격적인 독서의 궤도에 오른다. 지금 당장 독서를 하지 않는다고 큰 문제가 생기는 것은 아니다. 하지만, 1년만 지나도 독서를 꾸준히 한 사람과 그렇지 않은 사람간의 격차가 벌어진다. 세상은 빛의 속도로 변하고 있는데 세상이 변하지 않기 바란다고 해서 세상이 내 뜻대로 움직여주지 않는다. 내가 세상의 변화에 게으름을 피우는 동안 나는 그만큼 뒤처지게 된다.

시작이 반이다. 일단 독서모임에 참여하겠다고 결심하자. 그리고 인터넷으로 검색을 해보자. 생각보다 독서모임이 많이 있다. 연락처를 찾아서 독서모임에 참여해보자. 일단 참여하면서 독서하는 시간을 만들어보자. 독서를 하는 사람들은 긍정적이고 개방적이고 유연하다. 독서가 좋은 것을 알고 널리 퍼지기를 원하기 때문에 처음 참여한 사람들도 부담 없이 함께할 수 있다. 다만, 책을 읽어야 한다는 부담이 있지만 본인이 좋은 습관을 만들기 위해서는 독서가 아닌 어떤 일이라도 본능에 반해서 의도적으로 할 수밖에 없다. 새로운 습관이 내 것이 되어 무의식적으로도 행동하기까지는 66일이 걸린다고 한다. 독서지향을 포함한 일반적인 독서모임은 2주에 1번 진행을 한다. 한 달에 2번이니 독서모임에 5번만 나간다고 생각하면 된다. 독서모임에 꾸준하게 5번만 나가면(10주 동안 지속하면) 독서하는 습관이 온전하게 내 것이 될 수 있다. 실제로 독서모임에 뜨문뜨문 나오는 사람들은 결국 독서모임에 안 나오게 된다. 독서모임에 나오지 않고도 스스로 독서를 하는 사람들도 있다.

하지만 독서의 목적은 지식을 얻는 것에 그치지 않고 생각의 도구로 삼고 삶에 어떻게 적용할 것인가를 고민하기 위한 것이다. 독서토론에 참여하지 않고 혼자 하는 것은 제대로 검증이 되지 않고 지치게 마련이다. 함께 독서토론을 하면 책의 내용을 잘못 이해하거나 내가 간과한 사실들을 다시금 되새김질해준다. 독서토론하면서 다른 사람들의 사고와 좋은 실천사례들을 배운다.

나는 세상에서 가장 소중한 존재이다. 내가 세상에 존재하지 않으면 세상은 없는 것이다. 세상에서 가장 소중한 존재인 나를 더 큰 사람으로 만들어주자. 독서는 인간에게 무한한 상상력을 준다. 독서는 내가 스스로 규정하고 있는 나의 한계를 뛰어넘어서 더 큰 사람으로 만들어준다. 보통의 사람들은 남의 눈을 많이 의식한다. 세상의 중심은 나인데, 다른 사람의 시선으로 세상을 보려고 한다. 남이 어떻게 생각할까 의식하면서 사는 삶은 주체적이지 못하다. 이러한 태도는 남들과 똑같이 살겠다는 것이다. 과거에는 남들과 똑같이 살아도 큰 문제가 없었다. 한 가지 직업을 가지고 평생을 살아도 큰 문제가 없는 시대였기 때문이다.

하지만 지금은 계속 새로운 것들이 쏟아져 들어오면서 삶의 패러다임이 바뀌고 있다. 무언가 남다른 나만의 것이 있지 않은 사람은 도태된다. 세상의 중심에 나를 놓고 살아야 한다. 남들과 다르게 생각하고, 남다른 삶을 사는 것은 소신이 없으면 불가능한 일이다. 남이 가지 않는 좁은 길을 소신 있게 갈 수 있는 사람은 스스로 사고할 줄 아는 주체적인 인간만이 가능하다. 독서하는 사람만이 주체적으로 사고할 수 있다. 독서를 통해서 다가오는 4차 산업혁명시대에 창의적이고 주체적인 사람이 되자. 독서와 독서토론이 우리 인생에 의미를 불어넣어주고 풍요롭게 해 줄 것이다.

주저하지 말고 지금 당장 독서모임 시작하자. 세계에서 행복지수가 높은 국가의 사람들은 많은 클럽활동을 한다고 한다. 독서모임 클럽활동이야말로 우리의 행복지수를 높여줄 것이다. 독서모임에 나가서 긍정적이고 창의적인 에너지를 받도록 하자. 독서토론은 우리의 인생을 바꾸어 줄 것이다.

어느 정도 독서모임에 나간 사람은 본인의 독서모임을 만들어서 리더가 되어보자. 리더가 되는 것은 어렵고 힘든 일이지만 그러한 어려움을 이겨내면서 엄청나게 성장한다. 내가 리더가 되어서 독서모임에 참여한 사람들이 변하는 것을 보면 무한한 감동을 느끼기 된다. 내가 뿌린 씨앗으로 인해서 큰 열매가 맺는 보람을 맛보게 될 것이다. 사람은 이타적인 존재라고 본다. 나의 봉사로 다른 사람들이 잘되는 것을 보면서 더 큰 만족을 느끼게 된다. 독서모임의 리더가 되어 더욱 밝은 세상이 된다면 정말 행복한 일이다.

독서모임에서 리더와 팀원은 서로 사랑하고 존중해주는 끈끈한 관계이다. 독서모임 멤버들은 나중에는 친구보다 소중하고 가족만큼 소중한 존재가 된다. 독서를 통해서 많은 새로운 단어와 어휘를 사용하게 된다. 교양 있는 어휘의 사용이 교양인을 만들어준다. 독서를 하는 사람과 독서를 하지 않는 사람은 시간이 갈수록 격차가 벌어진다. 독서를 통해서 생각이 달라지면서 사용하는 어휘가 달라진다. 독서는 품위 있는 사람을 만들어준다. 품위 있는 사람들 속에서 나의 자존감은 더욱 높아질 수밖에 없다. 유혹의 시간을 견디고 독서를 꾸준히 하면 어느새 훌쩍 자라나 있는 나를 보게 될 것이다. 세상에서 가장 행복한 클럽활동인 독서모임과 함께 행복하고 풍요로운 인생을 맞이해보자.

2

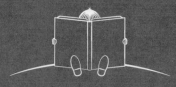

독서모임
시작하기

뜻이 맞는
사람을 찾는다

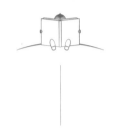

고등학교, 대학교 친구들은 평생 가는 경우가 많다. 아무런 계산도 없고 순수했던 그 당시의 시절로 돌아가서 그 친구들을 만난다. 이런 친구들을 죽마고우라고 한다. 자녀들이 커서 고등학교, 대학교 다니는 나이가 되어도 그때 그 시절 친구들을 만나면 마치 타임머신을 탄 듯이 다시 그 시절로 돌아간다. 평소에는 점잖게 행동하고 말하는 사람도 죽마고우를 만나면 조금은 오버하는 행동과 언행을 한다. 어릴 적 친구들을 만나면 평소에는 전혀 쓰지 않는 말이 툭툭 튀어나오는 경험을 할 것이다. 사회에서는 새로운 친구를 사귀기 어렵다고 한다. 나이 먹어서 사회생활하면서 만난 사람들은 이해관계가 있기 때문이다.

그런데 독서모임에서 만난 사람들은 사회에서 만난 사람들인데도 어릴 때 만난 친구와 다름없다. 독서를 하는 목적은 나만 잘되자고 하는 것이 아니고 '함께하면서 나누어 주는 것에서 행복을 느끼기' 때문이다. 긍정적인 에너지가 넘치는 사람들과 함께하면 나도 긍정 모드로 바뀐다. 독서를 하는 사람들은 간접경험을 통해서 상상력을 발휘한다. 긍정 에너지를 발산하면서 주변에 좋은 영향을 미친다.

독서모임을 진행하면서 리더를 도와주는 사람들을 만들어야 한다. 라쿠텐의 설립자인 히로시 미키타니는 '3과 10의 규칙'을 주장한다. 3과 10의 법칙은 "회사(조직)의 규모가 3배가 커질 때마다 회사(조직)의 모든 것이 변한다"는 명제에서 출발한다.

처음 네오비 독서지향을 시작해서 10명 내외가 참석할 때는 다른 사람의 큰 도움 없이 혼자서 모든 것을 처리할 수 있었다. 네오비 중개법인에서 진행하기 때문에 이명숙 대표가 간식을 챙겨주어서 도움을 받은 외에는 큰 어려움이 없었다. 인원이 30명쯤이 되었을 때는 네오비법무사사무소 박시현 사무장이 총무 겸 회계로 간식도 챙겨주고 출석체크와 회비관리를 해주었다.

인원이 3배씩 늘어날 때마다 조직은 똑같은 조직이 아니다. 인원이 20명 전후일 때는 조금만 까다로운 책이 선정되면 10명 정도로 떨어지는 것은 순식간이다.

지금은 인원이 안정적으로 40~50여 명이 참석하면서 아무리 어려운 책을 선정해도 최소 인원이 30여 명은 된다. 인원이 적을 때는 조직에서 비전이 안 보이기 때문에 조금만 위기가 와도 구성원들이 흔들리게 된다. 일정 이상의 인원이 되면 어떤 어려운 상황이 와도 조직은 흔들리지 않는다. 파도가 거세게 불면 작은 배는 심하게 흔들릴지 몰라도 큰 배는 웬만한 파도에는 큰 영향을 받지 않는다. 조직을 어느 정도까지 키우기가 어려운 것이지 어느 정도 궤도에 오르면 조직이 갖는 관성에 의해서 잘 운영된다.

조직을 키우는 일은 쉽지 않은 일이다. 가장 중요한 것은 뜻을 함께하는 핵심적인 사람들을 확보해 더 큰 씨앗을 뿌릴 수 있도록 해야 한다. 네오비 독서지향에도 네오비 독서지향의 이상과 비전에 동의하고 함께하는 몇몇 사람들의 헌신으로 조직이 성장했다. 초창기 멤버였던 A회원은 독서지향의 무한응원단이었다. A의 도움이 없이 네오비 독서지향이 초창기에 기반을 다지지 못했을 것이다. 10~20명으로 성장할 때는 이석동 대표와 고희준 대표의 헌신이 있었다.

이석동 대표는 나중에 부천 독서지향에도 적극 참여해 자리 잡을 수 있도록 도와주었다. 이석동 대표는 50대 중반으로 독서지향을 통해서 독서를 습관하고 많은 성과와 더불어 삶의 목적과 방향성을 갖게 되었다고 한다. 이석동 대표는 같은 네오비에서 기장을 하면서 네오비 동기들을 독서모임으로 이끌면서 네오비 독서지향의 적극적인 후원자가 되었다.

고희준 대표는 네오비 교육을 2번 받으면서 만나는 사람마다 열성적으로 네오비 독서지향을 홍보해 많은 사람들이 네오비 독서지향에 올 수 있도록 적극 도와주었다.

이후 네오비 독서지향 인원이 20~30명으로 늘어날 때는 이대진 대표가 헌신적으로 활동했다. 수료기수 전원을 네오비 독서지향으로 데려왔을 뿐만 아니라 독서모임 시작 전에 늘 1등으로 도착해 미리 준비하고 도움을 준다. 이런 분들의 도움으로 네오비 독서지향이라는 조직이 오늘에 이를 수 있게 된 것이다.

네오비에서 가장 영향력이 크고 처음부터 독서지향 모임구상을 함께한 조영준 교수와 네오비 중개법인 이명숙 대표는 '네오비 중개실무교육' 시 독서지향을 열심히 홍보하고 있다. 처음 1년간 네오비 독서지향 참여인원이 10명 내외로 답보상태에 있을 때 조영준 교수와 많은 이야기를 나누었다.

"참석인원이 늘어나지 않는 이유는 무엇인가?"

"한두 번 나온 사람이 왜 계속 나오지 않는가?"

"커리큘럼은 적합한가?"

이렇게 이야기를 하면서 해답이 나오기도 하고 계속 질문을 하면서 문제가 해결되었다. 조영준 교수와 독서모임 명칭에 대해서 함께 고민을 했다. 처음에는 '네오비 CEO 조찬 독서포럼'이라고 불렀다. 이름이 네오비를 제외하고는 보통명사의 나열이고 독서모임의 비전을 제시하는 브랜드명은 아니었다.

독서모임 이름을 공모했는데, 당산동에서 부동산중개업을 하는 이상돈 대표의 아이디어인 '네오비 독서지향'이 선정되었다. '독서지향'은 '독서를 통한 지성과 향기'라는 뜻이다. 독서를 통해서 건강하고 아름다운 사회를 만들고자 하는 비전을 제시해주는 멋진 작명이다.

대부분의 사람들에게 독서는 먼 나라의 이야기이다. 독서는 학생 때 생기부에 기록되는 책 몇 권을 읽는 것이 전부이다. 대학에 가서는 취업시험 준비에 바쁘고 사회에 나와서는 주어진 일을 하기에 급급하다.

독서를 하고 보니 독서하는 사람들을 만나게 되었지 그 이전에는 주변에 독서하는 사람을 볼 수 없었다. 이런 불모지에서 독서를 권해서 함께 독서하게 만드는 것은 쉽지 않은 일이다. 독서를 통해서 인생이 변하고 삶의 목표가 생긴 사람들은 적극적인 '독서전도사'가 된다. 10명에게 독서를 권해서 1명이 독서를 시작하면 다행이다. 거의 보험 영업하는 수준이라고 할 수 있다. 본인의 생활은 이미 스케줄이 꽉 차있다. 시간이 남으면 즐길 수 있는 여가생활도 많다. 요즘은 스마트폰 하나만 있으면 시간 가는 줄 모른다.

혼자 독서를 하는 사람은 본인이 책을 읽고 만족한다. 주변에 굳이 본인이 독서를 한다고 말할 이유도 없다. 더군다나 독서를 권할 일은 없다. 하지만 독서모임을 하는 사람들은 끊임없이 주변사람들에게 독서를 권한다. 함께 독서모임에 나가기를 권한다. 거의 종교적인 신념 같다고 할까? 이런 신념을 가진 사람들로 인해서 독서모임은 더욱 성장하고 발전한다.

독서모임은 책도 중요하지만 사람이 더 중요하다. 사람이 없으면 모임이 아니다. 함께하는 사람의 성장을 보면서 나도 자극을 받고, 본인도 스스로 성장하려고 노력한다. 경쟁은 남과의 경쟁이 아니고 나와의 경쟁이다. 어제의 나보다 나은 오늘의 나를 만들고 성장하기 위해서 독서모임에서 서로를 격려하고 응원한다. 혼자서 하는 성공은 행복하지 못하다. 함께하는 성공이 행복하다. 성인이 되어서 평생을 같이 할 수 있는 친구들을 만난다는 것은 놀라운 경험이다. 독서모임을 통해서 서로 신뢰하고 아껴주는 경험을 할 수 있다.

가장 중요한 것은
지속이다

"독서를 통해서 변화하고 성장한다"는 것은 정확한 팩트이다. 간혹 독서를 해도 제자리인 사람들도 있다. 독서의 목적이 변화와 성장이 아닌 사람들은 그럴 수도 있다. 올바른 비전과 목표를 가져야 한다. 아무런 목표도 없이 아무 책이나 잡히는 대로 독서를 한다고 해서 좋은 결과를 얻을 수 없다. 좋은 리더의 지도하에 좋은 양서를 읽어야 한다. 독서를 통해서 지식과 지혜를 얻을 수 있도록 해야 한다. 스스로의 한계를 극복하고 더 높은 이상을 가지고 실천하려고 노력해야 한다. 리더가 이런 비전을 갖고 있지 않으면 그 독서모임의 회원들도 좋은 열매를 맺을 수 없다. 성경에는 "보지 않고 믿는 자가 가장 행복하다"고 했다. 평범한 사람들은 보고 믿는 정도가 아니라 보고도 안 믿는다. 스스로 자신을 낮추어서 한계를 짓기 때문이다.

그동안 네오비 독서지향과 부천 독서지향에 수많은 사람들이 거쳐 갔다. 한두 번 또는 서너 번 나오고 흐지부지하는 경우가 많다. 물

독서를 통해서 성과를 얻으려면 지속성을 가져야 한다.
독서모임에 나가기 위해서는 우선 독서가 습관화되어야 한다.
독서가 습관화되어야 독서모임에도 꾸준히 나갈 수 있다.
독서모임에 몇 번 나오다 포기하는 사람들의 공통점은
독서가 습관화되어 있지 않다는 것이다.
매일 최소 30분이라도 꾸준히 독서를 하면 습관화될 수 있다.

론 이렇게 독서모임에 나오려고 마음먹은 사람들은 그나마 다행이다. 아예 시도도 안 하는 사람들이 더 많다. 독서를 통해서 좋은 결과를 얻은 사례가 많이 있고, 독서를 통해서 자신을 돌아보고 새로운 삶을 사는데 동참하자고 설득을 해도 요지부동이다.

"아이가 어려서 안 된다."

"나이가 먹어서 눈이 안보여서 안 된다."

"지금은 일에 집중해야할 때라 안 된다."

갖가지 핑계도 많다. "지금은 독서하기 어렵지만 앞으로 구체적으로 언제부터 독서를 하겠다"는 계획을 이야기하는 사람은 거의 못 봤다. 독서를 할 수 없는 갖은 핑계를 다 갖다 붙이지만, 이 사람들은 독서를 하겠다는 의지가 없는 것이다.

아이가 어리면 더욱 독서가 필요하다. 과거 전통사회에서의 육아는 마을이나 친지들에 의한 공동육아라고 할 수 있다. 핵가족화 되어 있는 현실에서는 부모가 될 준비가 안 된 사람들이 자녀교육법도 모르면서 자녀들을 교육하고 있는 경우가 많다.

흔히 유아기 때 부모들이 잘못하는 것 중 하나가 아이의 손에 스마트폰을 쥐어주는 것이다. 부모가 집안일을 하기 위해서 아이의 주의를 다른 곳에 돌리기 위해서 그렇게 하는데 아주 나쁜 것이다. 동영상을 접하는 아이는 게임이나 교육용 영상을 보는 동안에 시각중추만 살아있고 뇌의 나머지 부위는 활성화되어 있지 않다. 이렇게 반복적으로 되다 보면 바보가 된다. TV만 바보상자가 아니고 모든 영상 미디어는 똑같이 바보로 만든다고 보면 된다.

세 살 이전의 아이들은 뇌의 기본적인 것이 형성된다고 한다. 부모의 역할이 아주 중요한 시기이다. 아이가 자라서 학교에 가면 아이를 어떻게 교육시켜야 하는지 몰라서 방과 후에 학원으로 보낸다. 학원을 통한 주입식 선행학습이 미래를 살아갈 아이들을 위해서 좋다고 생각하는 것 같은데 전혀 도움이 안 된다.

앞으로 이 아이들이 살아갈 미래는 4차 산업혁명의 시대이다. 4차 산업혁명시대는 인공지능이 인간의 상당히 많은 일을 빼앗아가고 있다. 단순 반복적이고 패턴화할 수 있는 일은 인공지능이 할 수 있다. 인간은 인공지능이 할 수 없는 일을 해야 한다. 창의력 있는 아이들로 키우려면 가장 좋은 것은 독서이다. 그저 읽히는 독서가 아니고 독서를 하고 나서 부모와 함께 이야기하고 부모는 아이에게 올바른 사고의 방향을 제시해야 한다. 요즘 학생들이 사교육에 너무 많이 의존하다 보니 직장에 들어가서도, 결혼을 해서도 스스로 결정을 하지 못해서 부모들이 쫓아다니면서 해결해준다. 이러한 사례들을 볼때 자라나는 아이들을 가진 부모나 예비부모라면 독서는 필수이다.

나이 먹은 사람들은 눈이 안 보인다는 핑계를 대고 독서를 멀리한다. 눈이 안 보이는 것이 아니고 그 나이만큼 본인의 아집이 생긴 것이다. 본인의 한계를 설정하고 미리 제한해버린다. 그동안 살아온 인생의 방식대로 계속 살아가려고 하는 것이다. 지금까지 잘 살아왔고 앞으로 이렇게 살다가 죽으면 되지 새삼 이 나이에 변화가 무슨 필요가 있냐는 것이다. 이렇게 책을 멀리하는 중장년층은 과거 60세 환갑잔치하고 70세에 세상을 떠날 준비를 하던 60~70년대식 사고방식에 젖어 있는 것이다.

현실은 100세 시대이다. 보통 60세에 은퇴하고 나면 남은여생이 100세까지 40년인데 아무런 준비가 안 돼 있다. 지금처럼 계속 살아도 되는 것으로 안다. 주변을 둘러봐도 누구 하나 100세를 준비하는 사람이 없기 때문이다. 재테크에라도 관심을 가지고 준비를 하거나 새로운 인생 2막을 위한 귀향이라든가 새로운 직업을 준비하는 사람들은 많지 않다. 그저 막연히 은퇴하면 귀향해서 시골 가서 산다고 한다. 그러면서 주말농장 한번 안 해본다. 이것은 정말 아무런 대책이 없는 것이다.

은퇴하기 몇 년 전부터 인생 2막을 꾸준히 준비해야 한다. 막연히 남들이 좋다고 한다고 쫓아갈 것이 아니라 스스로 찾아서 준비해야 한다. 이런 과정에 독서는 필수이다. 간접경험을 통해서 시행착오를 줄이고 폭넓은 간접 경험을 해볼 수 있기 때문이다. 그러기 위해서는 마인드를 바꾸어야 한다. 월급쟁이 마인드가 아닌 스스로 삶의 주인이 되겠다는 마인드로 바꾸어야 한다. 나이 먹은 사람일수록 독서가 꼭 필요하다.

네오비 독서지향에는 60대 트리오 3명이 있다. 구자동 대표, 심상기 대표, 박정선 대표가 60대이다. 독서모임에 나오라고 말씀을 드렸는데 초창기에는 나오지 않다가 나중에 나와서 1년 넘게 빠지지 않고 꾸준히 나온다. 60대 트리오 세 사람은 독서를 통해서 세상이 달라졌고 본인들이 나이 먹어가서 서글프다는 생각보다는 독서를 하면서 행복한 기억이 더 많아졌다고 한다.

지금 현역으로 활발하게 일하고 있는 30~40대는 독서의 꽃이다. 적당한 인생경험도 있고 사회에서 허리 역할을 하고 있기 때문에 독서를 통해서 성과를 많이 내는 집단이다. 아직 인생의 기회도 많고 청년층 못지않게 패기 있게 도전해 볼 수 있는 나이라고 본다. 다양한 성공사례들을 접하면서 인생의 도전의 기회와 성공의 도구를 습득할 수 있다. 또한 4차 산업혁명시대가 이미 도래했고, 이들의 일자리도 위험해지면서 한편으로는 새로운 비즈니스의 기회를 잡을 수도 있다. 이런 4차 산업혁명 시대에 살아남기 위해서 독서가 꼭 필요하다. 전 연령층에 걸쳐서보더라도 독서가 가장 필요한 나이이다. 그럼에도 불구하고 많은 인간관계와 일에 치여서 쉽게 독서를 하지 못하고 있다.

독서를 통해서 성과를 얻으려면 지속성을 가져야 한다. 독서모임에 나가기 위해서는 우선 독서가 습관화되어야 한다. 독서가 습관화되어야 독서모임에도 꾸준히 나갈 수 있다. 독서모임에 몇 번 나오다 포기하는 사람들의 공통점은 독서가 습관화되어 있지 않다는 것이다. 매일 최소 30분이라도 꾸준히 독서를 하면 습관화될 수 있다. 30분을 앉아 있을 수 있는 힘이 생기면 1시간 독서도 가능하다. 독서에

차츰 재미를 붙이면 세상이 달라 보이고 희망이 가득 차게 된다. 독서하면서 사람들은 긍정적으로 변하기 때문이다. 이 단계가 되면 어떻게 하면 독서시간을 확보할까 고민을 한다. 생활은 단순화하면서 세상을 자신 있게 바라보게 된다. 스스로 변하겠다고 마음을 먹어야 꾸준한 독서가 가능하다. 그래야만 변할 수 있다. 독서의 내용에 따른 감동이 사람을 변하게 하기도 하지만 더 중요한 것은 독서하는 습관을 들였다는 자체가 이미 사람이 변한 것이다. 독서를 통해서 변한 많은 사례들이 있다. 이것을 확인해 보고 싶지 않은가?

독서모임 준비와
배려하기

　격주 토요일 아침 6시 50분부터 네오비 독서지향이 시작하기 위해서는 운영진이 20~30분 전에 미리 와서 준비를 한다. 독서모임 장소인 카페와 같은 건물 1층에 있는 네오비 중개법인에 A4용지 박스 2개에 네오비 독서지향 물품이 있다. 3분짜리 모래시계 20개, '조별독서토론 진행요령'을 코팅한 것 10개, 책, 필기구 등이 있다. 빔프로젝터와 동영상 촬영을 위한 캠코더도 준비한다.

　총무 역할을 하는 박시현 사무장이 전날 저녁에 출석부와 간식을 준비해 3층 카페에 가져다 놓는다. 6시반경에 모든 준비물을 3층 카페에 가지고 가서 미리 세팅을 한다. 운영진이 5~6명이 같은 조가 될 수 있게 조별 토론에 맞추어 테이블 배열을 한다. 각 테이블마다 모래시계 2개와 '조별독서토론 진행요령'을 가져다 놓는다. 이대진 대표가 항상 준비해오는 노트북에 빔프로젝터를 연결하고 당일 '독서모임 진행 순서'를 프레젠테이션 형태로 만들어 놓은 파워포인트

파일을 열어서 띄어 놓으면 준비가 된 것이다.

대부분의 카페는 아무리 빠른 시간에 문을 열어도 아침 9시는 되어야 한다. 다행히도 여기서는 이른 시간에 문을 열어주어서 독서모임을 진행할 수 있다. 다른 곳에서 낮이나 저녁시간에 독서모임을 하는 경우에 카페에서 진행하는 경우가 많지만 이른 아침에 진행하는 경우에는 장소 구하기가 쉽지 않다. 공공에서 운영하는 모임 공간들은 공무원 출근시간과 퇴근시간에 맞추어 장소임대가 가능한데 우리 같은 얼리버드를 위해서 공무원이 출근하지 않고도 사용할 수 있는 방법을 고려해봐야 할 것이다. 이른 아침에 하는 다른 모임에서는 독서모임 리더 본인이나 회원들이 가지고 있는 사무실이나 학원 등의 공간을 이용하는 경우가 대부분이다.

격주로 여유를 두고 독서토론을 하기 때문에 하루 30분씩만 독서를 하면 2주에 7시간의 시간이 확보되므로 250~300페이지 정도는 읽을 수 있다. 그런데 많은 회원들이 미리 책을 구입하지 않는다. 독서모임에 임박해서 책을 구입하는 경향이 있다. 독서가 생활화되어 있지 않고 여러 가지 일의 우선순위에서 뒤로 밀려나 있기 때문이다. 그래서 네오비 독서지향에서는 연회원제를 도입해 회원들이 선정도서의 호불호에 따라서 독서모임에 나오고 안 나오고 하는 것을 지양하고자 한 것이다.

단톡방에서 사전에 공지된 책을 지속적으로 홍보한다. 책에서 나온 좋은 글귀를 서로 공유해 서로서로 계속 격려하고 동기부여를 한다. 1주일 전쯤에 네오비 카페에 독서모임 소개와 참석자 신청을 공지한다. 카페에서 참석자 신청을 받는다는 것을 공지해 카페에서 참석 댓글을 달도록 유도한다. 참석 신청자는 해당 공지 글 댓글란에 1.홍길동이라고 적는다. 그렇게 번호를 적어서 몇 명이 참석하는지 알 수 있도록 한다.

독서모임 참석인원이 30명 이하일 때는 카톡으로 번호를 붙여서 참석신청을 할 수 있게 했다. 인원이 많아지자 카톡의 피로감을 호소하는 회원들이 생겼다. 대부분의 회원들이 독서모임 카톡방을 무음으로 해서 카톡알림 소리를 듣지는 않지만, 화면에는 계속 뜨기 때문에 신경이 쓰였던 거 같다. 그리고 좋은 글 등이 참석신청에 묻히기도 해서 카톡방을 사용하지 않고 카페에서 신청을 받고 있다.

2019년부터는 네오비 독서지향의 인원이 기하급수적으로 늘어나서 전면적인 연회원제를 도입해 1일 회원은 받지 않고 연회원만 받고 있다.

토요일에 진행하는 독서모임에 수요일까지 신청자는 '얼리버드 우대'를 받는다. 다른 독서모임도 마찬가지로 독서모임의 참석을 하루 이틀 전에 임박해서 신청하는 사람들이 많다. 독서모임에 참석하는 일정을 잡을지 고민을 하다가 결정을 늦게 하기 때문이다.

네오비 독서지향은 아침 일찍 하는 관계로 아침을 못 먹고 오는 사람들이 대부분이다. 서울은 물론 멀리 인천, 일산, 의정부, 용인, 수원 등 경기도 일대에서 오기 때문이다. 간단한 간식거리를 준비해야 한다.

그리고 다음번 진행도서나 기타 소개할 다른 도서를 구입해서 도서추첨 이벤트를 한다. 사전에 온라인으로 구입해야 되는데 금요일까지 책을 수령하려면 여유 있게 수요일 정도에 온라인으로 주문을 한다. 수요일까지 신청자는 얼리버드 우대로 책 이벤트 하는 권수에서 1권을 제외한 나머지를 전부 추첨해서 받는다. 목요일 이후부터 당일 신청자 등은 얼리버드 신청자 포함해서 1권을 가지고 도서추첨 이벤트를 한다.

일찍 신청해서 준비에 어려움이 없다는 취지를 충분히 설명하고 얼리버드 우대정책을 펴니 많은 회원들의 협조로 수요일까지 신청자가 많이 늘었다. 얼리버드 우대정책이 없으면 책을 미리 읽으려고 하기 보다는 독서 모임하는 날 일정에 맞춰서 임박해서 신청한다. 이렇게 되면 독서모임의 밀도도 떨어진다. 책을 안 읽어 와서 조별 토론 진행이 잘 안 되고, 준비하는 사람도 어느 정도의 인원이 오는지 알 수가 없어서 준비에 어려움을 겪는다.

선정도서의 전체 갈무리를 위해서 사전에 선정된 회원이 원포인트 레슨(독서모임 선정도서를 갈무리해 한 사람이 20~30분 정도 프레젠테이션 자료를 발표하는 것)을 진행한다. 인원이 많지 않았던 초창기에는 내가 거의 다 원포인트 레슨을 준비하고 진행했다. 지금은 회원들이 돌아가면서 준비한다. 약 30분 정도 발표할 수 있도록 파워포인트로 프레젠테이션 자료를 준비한다.

원포인트 레슨을 리더나 특정한 사람이 하는 것보다는 돌아가면서 발표하는 것이 본인의 발표력 향상이나 독서모임 참여 동기부여를 위해서도 좋다고 생각한다. 처음부터 익숙하게 잘하는 사람들도 있지만 많은 사람들이 대중 앞에서 발표해 본 경험이 없어서 힘들어 한다. 2~3번 원포인트 레슨을 하면서 많은 성장을 한다. 발표도 여유 있게 하게 되고, 프레젠테이션 작성 실력도 늘어난다. 인원도 많아지면서 처음에는 원포인트 레슨 희망자가 없어서 섭외하느라 애를 먹었다. 이제는 섭외를 하면 대부분 OK를 한다. 남들이 발표를 하는 것을 보고 본인들도 용기를 얻는 것이다. 원포인트 레슨은 회원 중에서 한 분이 촬영하고 있다. 동영상 촬영한 것을 편집해서 유튜브에 올린다. 부득이한 일로 독서지향 선정도서는 읽었는데 참석을 못했거나 독서모임에 관심 있는 분들의 독서모임 참석동기 유발을 위한 목적이다.

2년이 되어가는 부천 독서지향은 이제 서서히 자리를 잡아가고 있다. 대부분의 운영방식이 네오비 독서지향 초창기와 비슷하다. 리더인 내가 원맨쇼로 준비하고 진행한다. 별도의 카페나 밴드도 없다. 단톡방에서 공지하고 참석신청을 한다. 처음에는 무료로 참석했으나 2019년부터는 연회원제를 도입했다. 모임 공간은 부천 담쟁이문화원 공간을 저렴하게 사용하고 있다. 공간은 30명 정도 들어갈 수 있고, 빔프로젝터가 설치되어 있다.

콩나물 신문 협동조합은 3개 사회단체 중 하나이다. 부천에 독서모임을 만들기 위해서 들어갔던 단체가 콩나물 신문 협동조합이다.

참석자 중에 콩나물 신문 협동조합원들이 몇 사람이 있다. 그리고 신문광고 게재 등의 협조를 받고 있다.

일요일 아침 7시 15분부터 시작하는데, 미리 받은 키로 담쟁이문화원 문을 열고 6시 50분경에 미리 온다. 책상을 조별 토론이 가능하게 배치하고 빔프로젝터로 독서모임 진행순서를 켜놓고 잔잔한 클래식 음악을 듣는다. 7시경부터 회원들이 오기 시작한다. 나 혼자서 독서모임 진행과 원포인트레슨을 도맡아서 하다가, 이제는 회원들이 돌아가면서 진행한다. 원포인트 레슨은 독서모임에서 꼭 필요하다.

양재나비에서도 원포인트 레슨이 진행되는데 독서지향처럼 파워포인트로 프레젠테이션을 준비하지 않지만 책의 배경이나 관련 이야기, 기타 다른 책 소개 등을 한다. 예전에 양재나비에서 원포인트 레슨을 할 사람이 없어서 그냥 끝난 적이 있는데, 사람들에게 강한 임팩트가 없었던 것 같다. 다음 주에 참여인원이 상당히 줄어듦을 느꼈다. 독서지향에 와서 원포인트 레슨을 들으면서 강한 인상을 받고 가는 거 같다.

독서지향 후기에서도 원포인트 레슨에 대한 칭찬이 줄을 잇는다. 30분에 걸쳐서 책의 내용을 요약해 발표한다는 것이 참석자들에게 의미 있게 다가오는 거 같다. 내가 원포인트 레슨을 준비할 때는 관련 책으로 2~3가지를 추가해 책의 내용 외에 추가적인 내용을 원포인트 레슨에 포함한다. 한 권의 책을 읽고서 여러 권을 읽은 효과가 나도록 하기 때문에 회원들의 만족도가 높다.

동물이나 식물도 관심을 가지고 애정을 쏟으면 그 시간에 비례해서 성장을 한다. 모임도 마찬가지이다. 누군가 한 사람 또는 몇 사람이 헌신하면 그 조직은 발전하고 성장한다. 모임이 좋은 취지와 비전을 가지고 있다 해도 관심과 애정을 가지지 않으면 성장을 멈추고 퇴보한다. 네오비 독서지향도 많은 시간 투여가 있었다. 그리고 많은 사람들이 내일 같이 도와주고 있다. 독서모임 참석을 카톡이나 문자, 전화 등으로 계속 독려하면 그 회차에는 사람들이 좀 더 나오는 것 같다. 반대로, 업무적으로나 개인적으로 바쁜 일이 있어서 참석독려를 못하면 인원이 조금 줄어드는 것을 느낀다.

일주일에 8시간 정도는 독서모임 준비를 위한 시간에 쏟고 있다. 가장 시간이 많이 걸리는 일은 뭐니 뭐니 해도 도서선정이다. 도서선정이 독서모임의 정체성과 비전을 제시해주는 것이라고 본다. 한번 선정한 도서도 다시 검토해보고 더 좋은 도서가 나오면 교체한다. 미리 준비했는데 절판된 도서가 나오면 다른 도서로 바꾸든가 하는 식으로 대책을 강구해야 한다. 회원들에게 많은 동기부여를 하는 저자 특강은 중간중간에 들어오면서 선정도서 진행일자를 바꾼다. 독서모임을 홍보하고 공지하는 글을 쓰고 제대로 댓글이 달리는지 확인하기도 한다. 참석자가 적으면 카톡방에서 독려를 한다. 네오비 카페에 네오비 독서지향 후기를 게재하고 있다. 다른 신규 회원들의 참여를 위해서 독서모임의 이해를 돕는 독서모임 후기는 꼭 필요하다.

독서모임은 상대방에 대한 배려와 헌신을 기본으로 하고 있다. 나만 잘되고자 하는 마음으로 잘난 체를 한다거나 규칙을 지키지 않아 상대방의 말을 가로막고 본인의 주장만을 하는 사람은 어디에서든 환영받지 못한다. 상대방을 배려하기 위해서 책은 꼭 읽고 가야 한다. 어떤 독서모임에서는 같은 조에서 대부분 책을 읽어오지 않고 1~2명만 책을 읽어 와서 조별 토론이 진행되지 않는 것을 보았다. 책을 읽은 사람이 일방적으로 강의하는 식이 된다.

함께 책을 읽고, 함께 책에 대해서 이야기를 하면서, 함께 성장하는 것이 독서모임이다. 책을 읽어온 사람을 힘 빠지게 하는 일은 독서를 전혀 하지 않고 오는 것이다. 아무리 바빠도 하루 30분의 시간을 낼 정도의 마음의 여유가 없다는 것은 게으르다고 밖에 다른 할 말이 없다. 어떤 사람은 정말 눈코 뜰 새 없이 바빠서 책을 거의 못 읽었는데 독서모임 전날에 거의 밤을 새워 책을 읽어 와서 토론에 참여하는 사람도 있다.

시간이 없어서 전혀 책을 읽을 수 없었다는 것은 평계에 불과하다. 책을 전부 읽지는 않더라고 100여 쪽이라도 읽어오면 그 부분만 가지고도 얼마든지 토론에 참여할 수 있다. 책을 끝까지 읽어야 한다는 것은 편견이다. 내가 필요한 부분만 읽고도 내가 실천할 수 있는 것 한 가지를 찾아서 나의 삶에 적용해 성장의 자양분이 된다면 독서의 목적은 충분히 달성한 것이다.

함께 토론할 때 시간을 지켜서 주어진 발표시간 안에 발표해 다른 사람들에게도 공평하게 발표의 기회가 갈 수 있도록 해야 한다. 규칙을 정해도 혼자서 토론을 독점하는 사람들이 있어서 사전에 조장을 정해놓고 조장이 조별 토론을 진행하도록 하고 있다.

이전에는 각 조에서 알아서 자율적으로 조장을 정해서 진행하도록 했는데 일부 규칙을 지키지 않는 사람들이 있어서 경험이 없는 조장이 통제를 잘 못하는 상황이 나와서 규칙을 바꾸어서 조장을 사전에 내정하고 있다.

조별 토론에서는 간단한 개인 소개와 한 주간의 감사한 일을 돌아가면서 발표한 후에 5분 정도씩 개인발표를 하고 있다. 조장이 조원을 통제하지 못하면 자기소개와 한 주간의 감사한 일을 발표하는데 너무 많은 시간을 소비해 정작 조별 토론은 제대로 진행하지 못하는 경우가 있다. 조별 토론시간이 1시간 정도 주어지는데 자기소개와 감사한 일은 조원 전체가 5분 이내로 할 수 있도록 조장이 시간조절을 해야 한다. 경험이 없는 조장은 중간에 시간을 끊지 못하고 조원에게 끌려다니는 경우가 있어서 사전에 조장을 미리 정한 것이다. 조별 토론이 진행되고 5분 정도가 되면 각 조별로 자기소개는 끝내고 조별 토론에 들어가라고 독려한다. 안내에 따라 대부분의 조에서 조별 토론에 들어간다. 이렇게 조별 토론에서 시간통제를 한 이후에는 조별 토론에 대한 불만이 나오지 않는 것 같다. 인원이 적을 때는 리더가 한눈에 모든 상황을 파악하고 통제할 수 있지만 인원이 많아져서 6개 이상의 조에서 진행이 될 때는 각 조별로 잘 진행이 되고 있는지 체크를 해야 한다.

독서모임에서 서로에 대한 배려는 경청하는 자세에서 시작된다. 나의 생각만 말하고 상대방의 말을 경청하지 않는 것은 커뮤니케이션이 아니다. 상대가 없는 커뮤니케이션은 없다. 혼자 하는 독서의 맹점은 지식을 습득하기만 하고 실천은 별개의 문제가 되는 것이다. 반면에 독서모임에서는 자연스럽게 실천을 하는 시간을 가지면서 서로 배우고 함께 성장할 수 있는 것이다.

독서모임에 실천의
도구가 필요하다

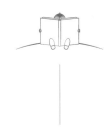

독서를 시작한 이후 해마다 100권 정도 독서를 하고 있다. 이른 아침과 저녁, 주말에 집중적으로 독서를 하고 있다. 일주일에 거의 2권씩 읽고 있다. 100권의 책 중에는 정독을 하는 책도 있고, 재독을 하는 책도 있다. 동시에 여러 권을 보는 경우도 있다. 끝까지 보지 않는 책도 많다. 모든 책을 끝까지 읽어야 하는 것은 시간낭비일 수도 있다. 어느 정도 읽어서 저자의 의도가 파악되고 내가 실천할 것을 찾을 수 있으면 된다.

아무리 정독을 하고 내용을 요약해서 정리해도 독서의 전과 후가 동일하다면 독서의 의미가 있을까 생각된다. 주변의 많은 사람들이 독서를 하지 않는 이유는 본인이 독서를 하지 않고 살아도 아무 문제가 없는 것처럼 여겨지기 때문이다. 주변에 독서를 통해서 괄목상대하게 변하는 사람을 본다면 독서를 하고 싶은 욕구가 생길 것이다.

가끔은 독서를 꾸준히 하는데 특별히 달라지지 않는 사람도 있다.

왜 독서를 하는데 사람이 변하지 않을까? 그것은 독서의 목적이 삶이 변하고 성장하는 데 두고 있지 않기 때문이다. 사람은 변화를 거부하는 기본 습성이 있다. 뉴턴의 관성의 법칙처럼 지금 하던 대로 계속하려고 하는 성향이 있다. 사람들은 변화가 두려운 것이다. 지금 당장 큰 문제가 있다면 몰라도 별문제가 없다면 그냥 현 상태로 살기를 원한다. 독서를 하는 목적이 변화에 있지 않다면 독서의 결과도 큰 변화 없이 과거의 생활로 돌아갈 것이다.

얼마 전 자주 가는 동네 작은 산에 올라갔다. 산에 나있는 둘레길을 따라 걸으면서 둘레길 울타리 안쪽에 거미줄이 햇빛에 비쳐서 아름다운 실루엣을 자랑하고 있었다. 둘레길 옆에는 거미줄이 많았다. 그전에 지나다닐 때는 거미줄을 보지 못했는데 오늘은 예쁜 거미줄이 보였다. 거미줄은 늘 그 자리에 있는데 예전에는 보지 못하고 지나치고, 오늘은 거미줄이 보인 것이다. 알려고 하지 않는 사람에게는 보이지 않는 것이다.

독서도 마찬가지로 변화하려는 의지를 가지고 독서를 하면 변화라는 결과를 가져올 수 있지만 변화라는 목표의식 없이 막연하게 책을 보면 그냥 좋다는 감정만 가지고 책을 덮는 순간 과거로 회귀해 버리는 것이다.

독서모임에서는 실천할 수 있도록 서로를 도와주는 시스템이 있다. 우선, 조별 토론 시에 한 주간의 감사한 일을 이야기할 때 자연스럽게 본인의 긍정 마인드가 열리게 만들어준다. 그 다음에 개인 발표 시에 본인이 책을 읽고 나서 적용한 사례를 이야기하게 된다. 다른 사람의 적용사례를 들으면서 자연스럽게 자신도 실천하면 좋겠다는 생각이 든다. 지속적인 자극은 사람으로 하여금 변하지 않을 수 없게 만든다. 이러한 것이 독서모임의 긍정적인 면이라고 본다.

독서모임을 5년 동안 진행해오면서 가장 안타까운 것이 중간에 독서를 포기하는 것이다. 독서를 계속하면 본인도 성장하고 시간관리도 잘되고 여러 가지로 좋은데 계속하지 못하게 될 때 안타깝기 그지없다. 이전에 독서를 잘 안하던 사람이 독서를 꾸준히 할 수 있다는 건 본인의 목표가 뚜렷하고 시간관리가 잘된다는 것이다. 독서와 독서모임에서 만난 사람들을 통해서 적절한 동기부여가 된다고 해도 초심을 잃지 않고 계속한다는 것이 쉬운 일은 아니다.

처음에 독서모임의 참석인원이 늘어나지 않을 때 내린 결론이 3P바인더를 사용해야만 독서를 지속할 수 있다는 것이었다. 이후 독서모임을 진행하면서 매시간 3P바인더의 중요성을 강조하고 사용하는 방법을 짬짬이 알려주었다. 3P바인더를 쓰는 사람들은 지속적으로 독서모임에 나왔다. 3P바인더는 익숙하게 사용하기가 쉽지는 않다. 나도 회원들에게 모범이 되기 위해서 3P바인더 코치과정 교육을 받았다. 실제 3P바인더를 잘 쓰게 되면서 생활의 많은 면에서 정리가 되고 좀 더 효율적으로 시간관리가 잘되고 보조바인더를 잘 활용하게 되면서 사무실 운영에도 많은 도움을 받았다.

시간관리가 잘 되는 사람들은 연간 독서목표달성을 하지만
많은 사람들이 달성을 못한다.
그래도 본인이 독서목표를 세우고 의식을 했다는 자체로 훌륭하고 멋진 일이다.
올해 달성을 못한 것은 내년에 목표를 세울 때 영향을 주면서
본인에게 동기부여가 될 것이다. 목표와 시간관리가 되지 않으면 실천도 안 된다.
혼자 하는 독서에서 하기 어려운 것을 독서모임을 통해서 얻을 수 있다.
'멀리 가려면 함께 가라'고 하는 말처럼, 단기간에 독서하고 말 것이 아니라면
함께하는 독서 동지가 있는 것이 좋다.

3P바인더 코치과정 교육을 마치고 나서 독서모임이 끝나고 수시로 3~4시간 정도의 시간을 할애해 독서법과 3P바인더 사용법에 대한 교육을 지속적으로 진행했다. 하지만 회원들은 바인더 사용법에 대한 갈증을 계속 가지고 있었고, 지방의 네오비 독서지향 회원들을 직접 교육시킬 수가 없었다. 지방의 독서모임 회원들까지 포함해 3P바인더 교육을 하기로 하고 2017년 6월에 전국 네오비 독서지향 1박 2일 워크숍을 가졌다.

서울, 대전, 부산의 네오비 독서지향 회원들이 대전 유성에서 30여 명이 모였다. 혼자서 1박 2일 동안 워크숍을 기획하고 진행하면서 회원들의 바인더 작성법을 향상시킬 수 있었다. 이후 2개월간 네이버 밴드로 매일매일 바인더 작성을 체크했다. 매일매일 시간관리 현황을 사진을 찍어서 올리는 것이다. 올리지 못한 회원은 벌금을 무는 형식으로 해서 바인더가 습관화되게 했다.

본인이 실제 어떻게 시간을 보내는지 매시간 일일이 기록한다는 것은 번거롭고 귀찮은 일이다. 대부분의 회원이 변하기 위한 목표를 달성하기 위해서 바인더 작성에 열성을 다했다. 하지만 일부 회원은 "이렇게 형식적으로 할 필요는 없다"고 하면서 바인더 작성하기 공유에서 빠졌다. 이렇게 바인더 쓰는 것에 거부감을 가진 사람들은 안타깝게도 대부분 독서모임에 꾸준히 참석하지 못하고 있다. 시간관리가 안 되기 때문에 독서모임의 참석도 어려워진 것이라고 본다.

'전국독서지향 유성워크숍' 이후 독서지향은 비약적으로 발전했다. 연회원제가 정착이 되고 더욱 강하게 푸시할 수 있게 되었다. B&B(Book & Binder)는 함께 간다. 책만 읽는 것도 없고, 바인더만 쓰는 것도 없다. 책은 미래이고, 바인더는 현재이기 때문이다. 현재에 충실하고자 하는 목적을 가진 바인더를 쓰지 않는 사람이 미래에 충실하고자 하는 책에 투자할 여력은 없다. 독서를 한다고 해도 바인더를 쓰지 않는 사람은 현재에 충실한 삶을 살고 있지 못해서 좋은 성과를 얻을 수 없다. 독서모임에서 끊임없이 실천의 도구에 대한 지속적인 관심으로 해서 성과를 내도록 하고 있다.

2018년 추석명절 연휴 전날 아침 7시 반부터 4시간 동안 신입회원들을 상대로 독서와 바인더에 대한 교육을 했다. 14명이 참석해 뜨거운 열기를 갖는 시간을 가졌다. 부천에서 진행했는데 부천, 인천은 물론 멀리 세종시와 경기도 광주, 서울 노원구, 일산 등에서 참석해 성황리에 마쳤다. 연휴전이라 큰 기대 없이 인근지역에서 4~5명 정도 참석하리라 예상했지만 뜻밖의 호응에 원래 예정했던 3시간을 넘겨서 4시간동안 진행을 했다.

이렇게 호응이 좋았던 것은 앞서서 독서지향에 참석하는 선배들이 바인더를 쓰고 성과를 내는 것을 보면서 본인들도 해보고 싶다는 욕구를 느꼈기 때문이라고 본다.

교육 후 2개월간은 네이버 밴드에서 관리에 들어간다. 매일 시간 관리에 대한 것으로 사진을 찍어서 밴드에 올려야 한다. 2개월 정도 꾸준히 해서 자기 것이 되면 습관화되어서 더 이상 바인더를 쓰라는 말을 안 해도 잘 하게 된다.

교육을 할 때 주의할 점은 절대 무료교육을 해서는 안 된다는 것이다. 단돈 1만원이라도 받아서 본인의 의지를 보여주도록 해야 한다. 비싼 교육일수록 본인의 선택이 틀리지 않았다는 것을 보여주기 위해 열심히 하는 경향이 있다. 무료보다는 적당한 금액의 수강료를 받고 교육을 진행해야 효과가 좋다. 마케팅에서는 이러한 것을 '개입의 법칙'이라고 한다. 본인의 금전과 시간이 개입되면 더욱 열심히 참여한다는 것이다. 1~2만원의 수강료가 본인의 참석의지와 교육의 적극적 참여를 유도하고, 단돈 1000원의 벌금이 본인들의 실천의지를 외부적으로 강제할 수 있는 도구가 된다.

바인더만 잘 쓰면 독서는 저절로 된다. 시간관리를 잘하는 사람이 독서를 못할 리가 없다. 독서목표도 세우게 만든다. 격주로 독서모임을 진행하므로 연간 26권의 독서를 하면 된다. 내가 먼저 모범을 보이면서 연간 독서목표 100권을 제시하고 다른 회원들에게도 독서목표를 공개적으로 연초에 카톡방에 공개하게 한다. 이걸 도표로 이미지화해서 전 회원들과 독서목표를 공유한다. 서로 경쟁이 붙어서 본인이 생각하는 목표보다 무리하게 계획을 세운다. 대부분이 50권 이상으로 독서목표를 세운다. 시간관리가 잘 되는 사람들은 연간 독서목표 달성을 하지만 많은 사람들이 달성을 못한다. 그래도 본인이 독서목표를 세우고 의식을 했다는 자체로 훌륭

하고 멋진 일이다.

올해 달성을 못한 것은 내년에 목표를 세울 때 영향을 주면서 본인에게 동기부여가 될 것이다. 목표와 시간관리가 되지 않으면 실천도 안 된다. 혼자 하는 독서에서 하기 어려운 것을 독서모임을 통해서 얻을 수 있다. "멀리 가려면 함께 가라"고 하는 말처럼, 단기간에 독서하고 말 것이 아니라면 함께하는 독서 동지가 있는 것이 좋다. 독서모임과 바인더를 통해서 서로를 격려하고 함께 성장하는 나누는 삶을 살 수 있다.

인생의 목적과
방향키가 되는 독서의 힘

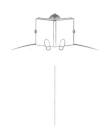

고등학교 졸업 후 재수 끝에 춘천에 있는 한림대 의대에 진학했다. 당시의 시대적 상황이 학교공부에만 매진할 수 없게 만들었다. 생각해보지 않은 학과인데다 지방에 와서 학교생활을 하니 마음이 불편했다. 마음은 서울로만 향해 있었다. 주변에 나와 같은 친구들이 많았다. 재수는 기본이고 삼수생도 많았다. 주말마다 춘천에서 부천까지 왕복을 했다. 춘천에서 상봉동 시외버스터미널에 와서 서울 서쪽 반대편 부천까지 가는 길은 상당히 오래 걸리는 먼 길이었다. 4시간 정도 걸리는 거리를 멀다 않고 매주 왕복했다.

의예과 수업은 24학점에 30시간을 넘겨서 배정되어 있었다. 실험시간에 실험실로 이동하는 것을 빼고는 언제나 같은 교실에서 100명이 앉아서 고등학생같이 수업을 받았다. 월요일부터 토요일까지 빽빽하게 수업이 있었다. 마음의 준비가 안 된 상태에서 타이트한 수업은 재미도 없었고 학교에 마음을 붙이지 못했다. 매주 부천에서 가서 친구들을 만나서 술 한 잔에 시름을 달래곤 했다.

그 당시에 대학생들은 소위 '의식화 교재'라고 하는 사회과학 도서들을 주로 읽었다. 한국사회의 문제점을 파헤치고 모순을 극복하기 위해서 무엇을 해야 할지를 공부하는 것이었다.

당시의 군사독재정권하에서의 상황을 나치 독일치하의 상황과 유사하게 인식했다. 자유민주주의와 인권이 유린되는 상황을 지식인으로서 방관할 수만은 없었다. 《아무도 미워하지 않는 자의 죽음》이라는 책을 읽었다. 나치 독일치하에서 의대에 다니는 학생들이 사람들을 계몽하기 위해서 몰래 유인물을 만들고 배포하다가 발각되어 처형되는 내용이다. 불의를 보고 행동하지 않는 지식인은 허위의 지식인이라고 보았다.

내 삶의 개인적인 목표와 비전은 없고 그저 군사독재만 물리치고 민주적인 정부를 세우는 일에 골몰했다. 민주적인 정부가 세워지는 것이 우선이고 내 삶은 그 다음 문제였다. 개인보다 사회를 우선시하는 이타적인 것은 모든 것에 앞서는 정의라고 생각했다. 개인의 이익은 나중이었다.

당시의 정치 환경은 민주주의가 유린되는 상황이었지만 경제상황은 나쁘지 않았다. 대부분의 대학졸업자들이 취업 걱정은 하지 않는 시기였다. 대학생들은 고도성장기의 혜택을 받고 있는 수혜자였다. 다른 과의 학생들도 어렵지 않게 졸업만 하면 취업이 되는 시기였다.

의대는 예나 지금이나 졸업하기가 수월하지 하지 않았다. 우선 수업분량이 많았다. 의예과에서는 주당 30시간이 넘었고, 본과에 가서는 주당 40시간 이상으로 매주 시험을 보고하는 생활의 연속으로 다른 생각을 할 틈이 별로 없었다.

1과목이라도 F를 받거나 평점평균 1.8이하면 유급이 된다. 유급을 하면 그 학기의 모든 과목의 성적은 무효가 되고 1년 동안 같은 학년 공부를 다시 해야 된다. 학기말 고사가 끝나고 며칠 후에 재시험 발표가 난다. F에 해당하는 성적을 얻은 학생들에게 재시험을 통해서 구제해준다는 것이다. 절반이 넘는 사람들이 1과목 이상의 재시험을 치른다. 그렇게 방학의 전반부는 재시험으로 지나가고 방학의 후반부는 다음 학기에 배울 과목에 대한 예습을 해야 했다. 다람쥐 쳇바퀴 돌리는 생활의 반복이었다. 반드시 의사가 되어야겠다는 뚜렷한 목표의식을 갖지 못한 학생들은 견뎌낼 재간이 없었다. 결국 학교를 그만둘 수밖에 없었다.

그 당시 나는 개인적인 비전을 가지지 못했다. 내가 원하는 학과가 아니어서 갈등이 심한 상황에서 무지막지하게 주어지는 공부의 분량에 허덕이면서 학과공부가 손에 잡히지 않았다. 내 안에 있는 나를 보는 것보다는 밖에 있는 것만 보려고 했다. 당시의 나는 좋은 사고습관을 만들지 못했다. 세상을 보는 눈도 편협되고 앞으로 내가 어떤 사람이 되어 세상에 기여할 것인가를 고민해야 했다.

군대에 다녀와서 다시 대학을 갔다. 사회과학의 기본이 되는 경제학을 공부하려고 서울에 있는 성균관대학교 경제학과에 입학했다. 미시경제학, 거시경제학 등은 그래프와 수식으로 경제현상을 설명하려고 했다. 역사와 사회가 결합되어 인간사회의 문제를 풀어나가는 경제사 과목이 흥미를 끌었다. 군대를 다녀온 이후에 좀 더 내 문제에 집중하기로 한 나는 경영학과 교과목을 수강하면서 자본주의 사회에서 좀 더 쓸모 있는 사람이 되려고 노력했다.

바깥으로만 향하던 나의 관심을 안으로 쏟아 부었다. 이후 점점 책을 보지 않게 되었다. 올바른 사회인으로서 건전한 상식을 갖는데 도움이 되는 것들을 습득하려고 했지만, 깊이 있는 통찰력을 갖는 사고에 도움이 되는 책은 멀리했다.

동양고전과 서양 철학책을 보았지만 나의 삶을 바꾸고 성찰하기 위한 것이라기보다는 지식인으로 이 정도는 알고 있다고 과시하기 위한 목적의 독서였던 거 같다.

대부분의 사람들이 과거의 나처럼 자신에 대한 깊이 있는 성찰 없이 세상을 살아가는 것 같다. 삶의 목적이나 의미보다는 그저 하루하루 살아가는데 급급한 거 같다. 독서와 바인더 쓰기를 시작하면서 내 삶은 바뀌어갔다. 인생의 목적과 의미를 찾으려고 애를 쓰고, 세상에 어떻게 기여할 것인가를 고민하면서 살게 된 것이다.

나이 50에 독서를 시작하면서 인생을 처음부터 다시 사는 기분이 든다. 더 이상 남들이 사는 대로 따라서 사는 수동적인 삶이 아닌 내가 삶의 주체가 되는 능동적인 삶을 살게 된 것이다.

요즘은 내가 원하는 것은 대부분 이루어진다. 말 그대로 "쓰면 이루어진다." 독서를 하면서 주변에 독서하는 사람이 많아지고 긍정적인 에너지가 넘친다. 과거의 나는 이기는 습관에 익숙하지 않았다. 항상 무언가에 쫓기고 내 삶이 아닌 남에게 보여지는 삶을 살고 있었던 것이다. 더 이상 패배자의 삶, 수동적인 삶을 살지 않는다. 이것이 모두 독서와 바인더의 힘이라고 생각한다.

"함께 가면 멀리갈 수 있다"는 말이 요즘처럼 절실하게 와 닿는 적이 없다.

함께하는 독서 동지들이 내 삶의 활력소이고 힘이다.

실패를
넘어서야 한다

독서모임을 운영하면서 시행착오를 여러 번 겪었다. 어떻게 운영하는지 노하우도 없었다. 독서가 좋아서 독서하고 함께 독서토론을 하면서 독서를 널리 전파해보자는 의욕만 있었다. 2015년 3월에 시작해 첫 3회는 두 자릿수 참석률을 기록했다. 상가 개업할 때 초창기에는 '개업발'이라고 하는데 네오비 독서지향도 마찬가지로 4회차부터 인원이 급감해 10명을 넘기지 못했다. 책을 읽는 법을 제대로 모르기 때문에 참석률이 저조하다고 생각되어 13회차에 박상배 저자의 《본깨적》이라는 독서법에 관한 책을 가지고 진행했다. 참석자는 겨우 5명으로 참패였다. 바로 전까지 아침 이른 시간의 모임에 대한 의견이 있어서 저녁모임도 병행해서 진행하고 있었다. 저녁모임도 4~5명이 나오는 상황에서 아침모임도 안 되는 진퇴양난의 상황이었다.

네오비 조영준 교수, 이명숙 대표와 심각하게 독서모임에 대한 고민을 논의했다. 네오비 중개실무교육에서 독서지향으로 사람을 보내

주지 않고 적극적으로 도와주지 않는다고 불만을 이야기했다. 리더가 운영을 잘 해서 해결해야 되는 상황인데 오히려 원인을 외부에서 찾았다. 모임이 1년이 되었는데도 자리를 못 잡고 있었다.

　1년이 넘었을 때 3P자기경영연구소 이재덕 강사가 독서와 바인더에 대한 특강을 진행했다. 무려 25명이나 참석해 성황리에 진행되었다. 15명 정도 들어갈 수 있는 공간에 25명이 참석해 바깥에까지 의자를 놓고 앉아서 들었다. 이재덕 강사는 '독서팬더'라는 닉네임으로 본인을 소개했다. 여행용 캐리어에 서브바인더 20여 개를 가져와서 네오비 독서지향 회원들에게 공개해주었다. 모두들 관심을 가지고 처음 접하는 독서법과 바인더 사용법에 대한 강의에 귀를 바짝 세우고 들었다. 이재덕 강사도 회원들의 호응에 부응해 원래 예정된 시간을 1시간 이상 훌쩍 넘겨서 강의를 해주었다. 성황리에 끝난 특강에 고무되어 다음 모임은 잘 될 줄 알았다. 그러나 다음에 이어진 선정도서가 브라이언 트레이시의 《백만 불짜리 습관》, 말콤 글래드웰의 《아웃라이어》로 베스트셀러를 넘어선 스테디셀러였는데도 불구하고 참석자는 겨우 8명씩 밖에 안 됐다. 나의 역량이 부족한 것인지? 회원들의 의욕이 부족한 것인지? 이해가 안 가는 혼돈스러운 상황이었다.
　그러던 중에 양재나비에서 《생각의 비밀》의 저자인 김승호 회장의 저자특강을 진행했다. 그 이전의 양재나비의 저자특강은 양재동 지하공간에서 진행했다. 꽉꽉 들어차면 100명 정도까지 가능했다. 개인자산 4000억 원을 가진 성공한 재미동포 김승호 회장을 한국에 초

117

청해 저자특강을 진행하려고 500여 명이 들어갈 수 있는 서초 구민회관 대강당을 대관한 것이다.

당시 나는 네오비 독서지향회장과 양재나비 회장을 겸하고 있었는데 평소보다 5배의 인원을 동원해야 하는 상황이었다. 네오비 독서지향에 적극적으로 홍보했다. 지방에서도 호응이 있었다. 서초구민회관에서 아침 6시 40분에 시작하는 김승호 회장의 저자특강에 참여하기 위해서 새벽 5시부터 줄을 섰다. 심야버스를 타고 지방에서도 많이 참석했다. 네오비 독서지향에서도 13명이 참석했다. 뜨거운 열기를 현장에서 느껴 보면서 네오비 독서지향회원들도 많은 감동을 받은 거 같다. 이후 네오비 독서지향모임에 두 자릿수의 인원이 꾸준히 참석했다.

공인중개사 모임이지만 부동산관련 책은 진행하지 않으려고 했다. 부동산 관련도서는 업무를 위해서도 당연히 읽어야 된다고 생각했다. 별도로 독서모임에서 함께 이야기할 것은 아니라고 생각했다. 독서모임이 사업적인 목적만으로 흘러가는 것을 탐탁지 않게 생각했다.

24회차부터 네오비 독서지향을 격주로 진행하기 시작했다. 인원이 답보상태에 빠져들었을 때부터 원인을 찾던 중에 월1회 독서모임이 횟수가 적다는 결론을 내렸다. 매주 진행하기에는 독서근육이 약해서 쉽지 않다고 보았다. 격주로 진행하는 것이 가장 적당하다고 생각했다.

네오비 독서지향에 참석하는 공인중개사들의 주 연령층이 40~60대로 적지 않은 나이이다. 월요일부터 토요일까지 중간에 휴일도 쉬지 않고 일을 하기 때문에 독서시간 확보도 쉽지 않다. 격주로 진행하면 한 달에 2권 정도 읽는 분량이므로 적당한 양이라고 생각된다. 학생들은 매주 1권을 읽는 것이 어렵지 않겠지만 직장인들은 매주 1권씩 책을 읽는 것으로 하는 것보다는 월 2권 목표로 여유 있게 하는 것이 좋다고 본다.

월 1회로는 독서의 습관이 생기지 않는다. 처음에는 매일 조금씩 꾸준히 읽어서 한 달에 1권 이상을 읽을 수 있으므로 1권을 다 읽으면 남는 시간에 지정도서가 아닌 자유 도서를 읽는 것을 권장했다. 하지만 현실은 그렇지 않았다. 한 달의 시간동안 계속 책을 읽는 것이 아니라 1주일 전쯤에 책을 주문해서 4~5일 전에 책을 받아서 책을 읽고 오니 거의 읽어오지 못한다. 한 달에 3주는 책을 안 보고 있다가 남은 1주일에 몰아서 책을 보려고 하니 책을 보는 것이 스트레스였던 것이다. 독서를 하는 것이 습관화되어서 내 삶이 변하고 주변에 좋은 영향을 끼치는 선순환이 되어야 한다.

격주로 진행하면서 회원들의 독서습관이 크게 바뀌지는 않았다. 여전히 1주일 전에 책을 주문하고 임박해서 책을 보았다. 독서습관이 생기지 않은 것이다. 그동안 본인에게 우선시하던 것들을 포기하지 않고서는 규칙적인 독서시간 확보가 쉽지 않았던 것이다.

2016년 10월에 격주로 진행한 이후로 참석인원은 두 자리 수 아

래로 떨어지지는 않았다. 독서모임도 자리를 잡아서 평균 20명 정도
는 꾸준히 나왔다. 저자특강에는 외부 장소를 대여해 40명 정도가 나
왔다. 네오비중개법인의 일부 공간을 사용하다가 20명 이상이 꾸준
히 나오게 되면서 장소 이전을 고민하게 되었다.

그러던 차에 네오비중개법인 3층에 모임을 위주로 한 카페가 운영
되고 있었다. 장소도 커서 60~70명 정도까지 충분히 수용이 가능할
것 같았다. 장소 섭외를 해서 토요일 이른 아침시간에 카페를 대여하
기로 했다. 조건은 음료값은 1인당 3천원을 받고, 30명 미만이면 음
료값 외에 별도로 장소 대여료로 5만원을 지불하는 조건이었다. 3층
으로 올라가고 처음에는 30명을 넘지 못했다. 참석비 1만원을 받아
서 음료값 3,000원을 내고 장소 대여료로 5만원을 내고, 간식비를 사
용하고 나면 재정적으로 좋은 상황이 안 되었다. 우리의 목표는 40명
을 넘겨서 장소 대여료를 면제받는 것이었다. 독서지향의 목표는 자
나 깨나 "40명 참석"이었다. 쉽지 않아 보이는 목표가 회원들의 협조
로 이루어졌다. 특히 이대진 대표는 네오비 33기 기수 거의 대부분을
독서지향으로 초대했다.

2017년 하반기에는 6개월에 10만원을 받고 연회원 제도를 신설
했다. 격주로 진행시 13회 진행하는데 연회비가 13만원보다 저렴하
니 연회원에 가입하는 것이 아니고 "내가 독서지향에 열심히 참석하
겠다는 의지의 표시로 연회원에 가입하라"고 홍보했다. 연회원제가
정착되면서 회원들의 참석률이 올라갔다.

다음번 독서모임 때 개인 일정이 있을지 몰라서 책을 구입하지 않던 것에서 벗어나서 일단은 책을 구입하는 사람들이 늘어났다. 나도 도서 선정을 좀 더 소신 있게 안정적으로 미리 할 수 있어서 회원들도 미리 공지된 도서를 한꺼번에 구입할 수 있게 되었다. 그 이전에는 책의 반응을 보고 그 다음 책을 선정했는데 이제는 안정적인 인원이 계속 나오기 때문에 책 선정에서 고민할 필요가 없었다. 연회비를 내고 참석하지 않는 사람들도 꽤 있었기 때문에 모임이 재정적으로도 안정적으로 운영할 수 있게 되었다. 연회원제를 도입하고 1년이 지난 상황에서는 40명 이상이 안정적으로 참여하고 있다.

이제는 또 다른 장소를 물색해서 모임을 2~3개로 나누는 방안을 고민해볼 때가 된 것이다. 모임의 규모가 커지고 초창기의 시행착오를 거치면서 여러 가지 운영 노하우가 생기면서 신규회원 확보는 어려운 일이 아니다. 이제는 좀 더 진입장벽을 쌓아가고 있다.

2019년부터 전면적인 연회원제로 유도하고 있다. 책을 안 읽고 와도 부담이 없는 저자특강은 회원들의 참석률이 올라간다. 저자특강 시 일일회원은 참석비를 2배로 올렸다. 연회원을 우대하고 일일회원은 불편하게 만들고 있는 정책을 펴고 있다.

독서모임을 잘 운영하기 위한 팁을 정리해보면 이렇다.

첫째, 성인의 독서모임은 격주로 진행하는 것이 좋다.
둘째, 연회원제를 도입해 참석을 유도하고 안정적인 운영이 가능해진다.

셋째, 원포인트 레슨으로 임팩트 있는 끝내기를 해서 감동을 가지고 독서모임을 끝내야 한다.

넷째, 독서를 통해서 반드시 성장하겠다는 의지를 함께 공유하고 노력하는 것이다.

비전을 공유하고 있지 않은 조직은 희망을 잃고 쇠락의 길을 갈 수밖에 없다. 비전이 있는 조직은 어떻게든 성과를 내기 위해서 조직구성원이 함께 노력하면서 해답을 찾아간다.

독서모임 운영규정은
이렇게 만든다

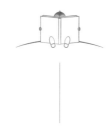

어떤 모임이든 운영에 관련한 규정이 있다. 규모가 작아서 모임의 리더가 모든 일을 도맡아서 할 때에는 대외적인 운영규정이 없어도 리더의 머릿속에는 있다. 어느 정도 시간이 되면 규모의 크기와 무관하게 문서화된 운영규정이 필요하게 된다. 처음에 좋은 호의로 시작하더라도 일정시간이 지나면 구성원들 간에 생각의 차이로 갈등이 생기게 된다. 리더가 카리스마 있게 밀어붙여서 해결될 수도 있지만 지나치게 권위주의적이어도 문제가 된다. 리더는 적당하게 구성원들의 의견을 존중하면서도 일관성 있게 모임을 이끌어가는 모습을 보여줘야 한다. 독서모임도 마찬가지이다.

독서모임에서 가장 중요한 것은 도서의 선정이다. 우리처럼 2주에 한 번씩 독서모임을 하는 경우에 선정된 도서는 2주 안에 읽어야하는 책이 된다. 본인들이 익숙하고 좋았다고 생각하는 도서를 권장

도서로 밀게 되어 있다. 그렇지 않으면 남이 선정한 도서를 읽어야 한다. 도서의 선정은 누가 해야 하느냐에 대한 물음에 대한 답은 무조건 리더가 해야 한다고 생각한다. 집단지도 체제처럼 모든 종류의 책을 일관성 없이 이 책 저 책 읽는 것은 바람직하지 못하다. 네오비 서울 독서지향은 처음에는 리더인 내가 독단적으로 결정하고 통지했다. 중간에 모임 참석인원이 줄어들고 정체되면서 회원들의 의견을 반영하면서 도서선정을 시도해보았다. 회원들의 추천으로 선정한 도서에 대한 호응은 그리 높지는 않았다. 내가 선정하는 도서는 양재나비에서 10년간 선정했던 도서들 위주로 해서 적당한 것으로 선정했다. 모임에 참석하는 사람들이 중년의 자영업자 위주로 구성되어 있어서 큰 회사 조직과 관련된 것, 사회초년생들을 위한 것, 교육관련 책 등은 배제했다. 지식적인 것을 만족시켜주는 것과 지혜를 배양할 수 있는 것을 조화 있게 선정했다. 이렇게 선정된 도서들의 호응이 좋았다. 그래도 지속적으로 회원들에게 공지를 했다. "좋은 책이 있으면 추천해 달라"고.

내가 독서의 단계가 높지 않았을 때에는 회원들이 간헐적으로 다른 책을 요구했다. 해마다 100권의 독서를 꾸준히 하자 더 이상 나보다 책을 다양하게 많이 보는 회원은 없었다. 모임도 안정을 찾아가자 도서선정에 대한 불만은 거의 나오지 않는 것 같다. 책은 좋은데 본인들이 못 읽은 것뿐으로 치부되었다. 직업을 가진 사람에게 독서 100권은 많은 편이다. 정규적인 직업을 가진 사람들은 50권 정도를 목표로 하는 것이 무난하다. 나는 좋은 책을 선정해야 하는 리더의 책임감을 갖고 독서를 했다. 치열하게 전투적인 독서를 한 것이다. 독서를 하면서 많은 안 좋은 습관들을 버릴 수밖에 없었다. 리더의 책임감으로 독서를 한 것뿐인데 시간관리, 자기관리가 저절로 되었다. 다른 곳의 독서모임을 보면 리더가 지나치게 독선적으로 흐른다거나, 몇몇 소수에 의해서 모임이 좌지우지 되면서 리더는 허수아비가 되는 경우가 많다. 리더가 본인의 책임을 경감하기 위해서 임원진에게 본인의 결정을 맡기고 본인은 그 결정을 따라가기만 하는 경향도 나타난다. 건강한 조직은 지도력을 갖춘 리더와 리더를 보필하는 참모 및 감시와 견제역할을 하는 사람들이 있어야 된다.

다른 모임과 마찬가지로 독서모임도 운영규정이 있다. 운영규정에는 모임의 미션과 비전이 있어야 한다. 네오비 독서지향의 운영규정을 살펴보자.

- 네오비 독서지향의 비전은 공인중개사 리더가 되어 대한민국 부동산 중개업시장을 선도한다.
- 네오비 독서지향의 미션은
  1) 내가 받고 싶은 것을 남에게 먼저 주는 것
  2) 부동산 중개업으로 성공하는 것
  3) 대한민국 공인중개사를 계몽하는 것
  4) 독서지향 회원 모두 저자가 되는 것이다.

조직 내 의견충돌이 있을 때 미션과 비전이 있으면 그 목적에 맞는지 검토하고 그에 따르면 된다. 운영규정에서 가장 민감한 부분이 금전을 다루는 회계분야이다. 1일 참석회비는 얼마로 할 것인지, 연회비는 얼마로 할 것인지, 가입비는 받을 것인지, 저자특강 시 회비는 어떻게 할 것인지, 하는 문제들이다.

- 독서모임의 1일 참가회비는 1만원이다. 연회비는 20만원(초창기에는 1년회비는 18만원, 6개월 회비는 10만원)이다.
- 가입비는 5만원이다(초창기에는 가입비 무료).
- 저자특강시 참가회비는 2만원이다(단, 연회원은 무료임).
- 운영진의 연회비 절반으로 함(회장, 총무는 면제).
- 회비의 사용처: 정기모임간식, 대관료, 이벤트도서 구입, 사회봉사 및 독서모임 활동지원, 경조사비

독서모임 참가신청은 별도로 받지 않지만 오픈카톡방에 일정을 공지해 참석여부를 클릭하게 한다(초기에는 인원이 적어서 카톡방으로 진행했지만 인원이 많아지면서 카톡방의 피로도가 증가해 카페에 공지하고 댓글로 신청했음).

네오비 독서지향은 지역별로 리더가 운영을 하고 있다. 지방에서는 처음으로 2016년 3월 25일 대전, 세종시에서 독서지향을 시작했고, 그 다음으로 2016년 11월 27일 부산, 창원이고, 다음 2018년 1

월 27일 광주광역시, 마지막으로 2018년 6월 17일 대구 순으로 시작했다. 향후 순천, 광양과 제주에 독서지향을 만들면 광역적인 지역 독서모임은 완성된다.

이후의 목표는 각 지역독서지향에서 연회원이 60명이 넘으면 30명 단위로 분리 운영하는 것이다. 2019년 초에 서울독서지향의 연회원이 70명이 넘어서 분리대상이 됐다. 연회원이 전부 나오면 현재 사용하고 있는 공간으로는 부족하게 된다. 독서모임의 운영도 비대해져서 관료화되고 공식적인 인간관계로 흐르기 쉽다.

독서모임은 따뜻한 비공식적인 인간관계로 자리매김을 하는 것이 바람직하다. 인원이 지나치게 많으면 분리해서 운영하는 것이 바람직하다. 문제는 분리되는 조직에 리더가 있어야 된다. 순천, 광양과 제주에도 독서모임을 원하는 사람들은 있지만 리더가 되겠다고 자청하는 사람이 없어서 모임결성이 안 되고 있다.

리더는 봉사하는 사람이다. 나도 독서모임 준비에 상당한 시간을 할애하고 있지만 업무에 손실이 나거나 하지 않고 오히려 매출도 늘어났고 리더로서의 책임감을 가지면서 많이 성장하고 있음을 느끼고 있다. 리더로서의 이점이 많은데도 불구하고 변화에 대한 두려움을 가지고 있기 때문에 선뜻 리더로 자청하지 못하는 거 같다.

독서의 목적은 자기만을 위한 것이 아니고 세상의 빛과 소금의 역할을 하겠다는 목표로 한다면 리더의 역할이 나눔의 실천이라고 생각하면 좋을 것이다.

독서를 통해서 성과를 내기 위해서는 목적 있는 독서를 해야 한다.

단순히 읽다보면 저절로 세상의 이치를 깨닫고 지혜를 얻게 되지는 않는다. 독서에도 요령이 있고 본인에게 맞는 양서를 읽어야 한다. 서울 지역은 본인이 시간과 비용만 들이면 쉽게 독서관련 교육을 받을 수 있다. 지방의 경우에는 독서와 바인더를 위한 좋은 교육을 받을 기회도 흔치 않다. 열성적인 사람들은 서울까지 올라와서 교육을 받는다. 요즘은 아무리 먼 거리라도 아침 일찍 일어나서 KTX를 타고 서울에 와서 아침식사를 할 수 있을 정도이다. 이 정도의 열정을 갖기 위해서는 독서를 통해서 성과를 내는 사람들이 많아져서 주위에 동기부여가 되어야 한다.

네오비 서울독서지향도 처음에는 독서에 대한 동기부여가 될 만한 상황이 안 되었다. 나는 반드시 성과를 내어서 다른 사람들에게 롤 모델이 되려는 목표를 세우고 매일매일 전쟁 같은 독서를 했다. 시간이 남아돌아서 취미생활처럼 하는 독서에서는 결코 성과를 낼 수 없다. 본격적인 독서를 하기 전의 내 모습이 바로 그런 식이었다. 할 거 다 하고 먹을 거 다 먹고 독서를 통해서 변화하겠다는 뚜렷한 목표의식 없이 남는 시간에 취미독서를 한 것이다. 1년에 10권 내외의 목적의식 없는 독서로는 성과를 낼 수 없었다. 취미독서가 아닌 전쟁 같은 '생존독서'에 들어간 것이다. 그렇게 치열한 독서와 독서모임을 시작한 지 2년이 지나서 독서모임에도 성과가 나오기 시작한 것이다.

네오비 독서지향이 처음 시작하면서 공지한 내용은 "독서를 통해 자신의 한계를 뛰어넘고 스스로 무한가능성의 힘을 발휘하는 변화와 혁신을 지향하는 CEO 독서모임"이다. 추상적인 단어가 나열되어 개념파악이 어려운 캐치프레이즈였다. 지금 공지하는 내용은 "네오비 독서지향은 1Book, 1Message, 1Action을 지향합니다. 하루 30분 독서(한 달에 2권 가능함)로 여러분의 인생을 바꿔보세요." 간단명료하게 이해가 되는 내용으로 변경했다. '책1권 읽고 1가지 메시지를 받고 1가지 실천을 하자. 이를 위해서 하루 30분 독서를 하면 된다'라는 식으로 이해가 되는 내용이다.

독서모임에도 비전과 미션 그리고 운영규정이 있어야 한다. 나라에 헌법과 법률이 있는 것과 마찬가지이다. 혼자 하는 것이 아닌 사람들이 모인 조직이기 때문에 운영규정이 더욱 필요하다. 독서모임의 목적을 사람들이 서로 다르게 생각하고 있다면 조직 내에서 갈등이 생길 수밖에 없다. 이런 경우에 문서화되어 있는 운영규정이 존재하면 문서에 나온 대로 따르면 조직의 목적을 달성할 수 있다. 서로간의 불필요한 오해도 줄일 수 있다. 10회 정도 지나면서 모임이 성장통을 겪을 때 운영규정은 꼭 필요하다.

운영규정이 없으면 리더의 틈새를 노리고 본인의 목소리를 키우려는 사람이 있다. 이때 리더가 흔들리면 안 된다. 본인의 주관을 갖고 독서모임에 참여하는 모든 사람들이 함께 성장하고 발전하는 방향으로 나아가야 한다. 독서를 통해서 반드시 변화해야겠다는 마음을 굳게 가져야 한다.

모두가 주인공이
되어야 한다

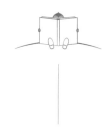

독서모임의 즐거움은 함께 토론하고 이야기하면서 공감대를 만들어가는 것이다. 독서를 하는 사람과 하지 않는 사람은 서로의 관심사가 다르다. 보통의 사람들이 오늘 하는 생각의 95% 정도가 어제한 생각과 똑같다고 한다. 5% 정도만 다른 생각을 한다고 한다. 사람들은 변화를 싫어한다. 나이를 먹어갈수록 새로운 것이 두렵고 현상을 유지하려고 한다. 현실과 타협하면서 보수화되기도 하지만 늘 같은 생각을 하면서 막힌 사고를 하기 때문이다.

나도 독서를 하기 전에는 60세 정도에 은퇴하려고 생각했다. 독서를 한 이후에는 평생 현역으로 있으려고 한다. 지금 하고 있는 일이 아니더라도 그 상황에 맞게 새로운 일을 계속하고 사회에 기여하고 내 존재의 이유를 찾고 싶다. 그저 놀고 즐기기만 하는 삶은 바람직하지도 않고 지루한 삶이 될 것이라고 생각한다.

늘 새로운 것을 찾고 받아들이는 유연한 사고를 하는 사람들과의 만남은 생기가 넘친다. 독서를 통해서 역지사지하는 마음을 배우기 때문에 서로를 배려할 줄 한다. 절제하고 배려하는 마음으로 만나고 헤어지면 무언가 뿌듯하고 꽉 찬 느낌이 든다. 과거의 나처럼 은퇴 후 편안하게 쉬려고만 하는 삶을 사는 사람들과의 만남은 왠지 허무하고 답답한 느낌이 든다.

보통 대화중에 사람들은 남의 이야기를 듣는 것보다는 본인의 이야기를 하고 싶어 한다. 상대방이 자신을 능가하는 뛰어난 사람이라고 인정하지 않는다면 상대방의 말에 귀를 기울이지 않는다. 독서토론에서 권장도서를 읽고 온 사람들은 본인이 읽은 내용을 발표하고 싶어 한다. 조별 토론에서 서로 대화를 할 수 있다. 돌아가면서 5분씩 발표를 하게 한다. 조별 토론 시 조장은 개인발표 때에는 다른 사람이 끼어들지 못하게 한다. 모든 조원의 개인발표가 끝난 후에 상호 질의와 토론이 가능해진다. 이렇게 모두가 참여할 수 있는 기회의 장을 만들어서 한 사람도 소외되지 않도록 한다. 구경꾼이 되는 사람들은 모임에서 도태된다.

모임에 조금이라도 적극적인 사람은 운영진에 포함시켜서 역할을 준다. 운영진에 참여해서 보람을 느끼고 본인의 존재의미를 느끼게 해야 한다. 책을 읽고 생각의 변화가 생겨서 능동적으로 움직이려고 할 때 수동적인 존재가 되면 생각은 숨어버린다. 다시 과거로 회귀하는 것이다. 독립적인 주체로 인정하고 대우해줄 때 사람은 더욱 성장한다.

조장을 하는 것은 독서토론 모임에서 봉사와 나눔을 실천하는 첫 걸음이다. 1시간가량의 조별 토론이 끝나면 전체발표를 하기 위해서 각 조별로 발표자를 선정한다. 자기주도 학습에 익숙하지 않은 대부분의 사람들은 나서지 않는 것이 미덕(?)이라고 생각한다. 서로 전체 토론에 발표자를 하지 않기 위해서 애를 쓴다. 멋모르고 처음 나온 신입회원을 지목하는 경우도 종종 있다. 조별 토론에서는 한마디라도 더 하고 싶어 하는데 전체토론에서 다수의 사람들 앞에 나와서 발표를 하는 것을 부담스러워한다. 2시간가량의 독서토론 시간에서 전체토론에 할애된 시간은 25분 남짓 되는 시간이다.

네오비 독서지향은 9개 조로 토론이 진행되므로 각조에서 5분씩만 전체토론에 참여해도 40~45분이 소요된다. 시간관계상 4~5개 조만 발표할 수밖에 없다. 이때 각 조별로 치열한 눈치작전이 시작된다. 될 수 있으면 전체발표에 안 나가기 위해서이다. 독서토론에 오래 나온 사람도 선뜻 나서려고 하지 않는 부담스러운 시간이다. 학교 교육에서 시키는 것만 하는 수동적인 것에 익숙해져 있고 가만히 있으면 중간은 간다는 것에 익숙해져 있는 탓이라고 본다. 하지만 많은 사람들 앞에서 자신의 생각을 전달하는 것에 익숙해지면 본인의 발전에도 도움이 된다. 전체발표를 잘하는 사람을 눈여겨보았다가 원포인트 레슨 발표자를 섭외할 때 권유를 하기도 한다.

독서모임은 책을 읽는 것에서 그치지 않고
독서토론이라는 모임을 통해서 책에서 배운 것을 익히고
현실에서 적용하는 승화과정이다.
타인의 생각이 맞고 나의 생각이 틀릴 수도 있다는
역지사지의 마음을 갖고 상대방을 배려해주어야 한다.

독서모임하기 전부터 대중 앞에서 발표를 잘하던 일부 사람들을 제외하고 대다수의 사람들은 발표를 잘못한다. 1:1이나 적은 숫자의 사람들과 편하게 이야기하는 것은 대부분 잘한다. 그런데 대중 앞에 나서면 많은 눈들이 자신만 바라보는 것에 지레 겁을 먹는다. 흔히 말하는 무대울렁증이다. 무대울렁증의 증상으로는 청중들이 잘 안 보이고 생각도 나지 않고 다리에 힘도 없고 목소리도 떨린다. 나도 청소년기 시절부터 무대울렁증으로 고생을 많이 했다. 이제는 나가서 말할 기회가 있을 때 뒤로 빼지 않고 부딪히면서 두려움이 없어지고 자신감이 늘었다. 대중 앞에서 자신 있게 이야기할 수 있게 되었다.

무대울렁증을 해소하는 가장 좋은 방법은 연습이다. 자주 대중 앞에서 이야기하는 기회를 가지면 무대울렁증은 해소된다. 잘하려고 하는 마음 때문에 마음이 긴장하면서 몸의 근육이 경직되고 호흡이 가빠지면서 시야도 좁아지고 목소리도 떨리는 등 몸의 이상현상이 생긴다. 잘하려고 하는 마음을 내려놓고 내가 가진 것을 있는 그대로 보여준다고 하는 마음으로 임해야 한다. 사전에 발표할 내용을 미리 요약해서 쓴다. 그걸 가지고 이야기하면서 살을 붙이면 된다. 스마트폰 앱을 이용해서 본인의 생각을 말로 이야기하면 글로 적어지는 것을 활용해도 좋다. 미리 이야기할 것을 스마트폰에 저장해서 읽어가면서 청중과 눈을 맞추면서 하면 된다. 자신의 생각을 여러 사람 앞에서 자신 있게 이야기할 수 있다는 것은 하나의 좋은 무기를 갖고 전쟁에 임하는 전사와 똑같다.

현대는 자기 PR시대이다. 본인의 생각과 능력을 남에게 알려서 자신의 가치를 높여야 하는 시대이다. 이러한 시대에 대중을 상대로 한 발표력은 큰 자산이 된다. 독서모임에서 원포인트 레슨은 봉사와 나눔의 실천이다. 30분 동안 책 한 권을 요약하고 청중들의 사고를 정리하고 확장시켜주는 역할을 한다. 본인의 발표력의 향상으로 인한 자신감 획득은 덤이다

독서모임은 책을 읽는 것에서 그치지 않고 독서토론이라는 모임을 통해서 책에서 배운 것을 익히고 현실에서 적용하는 승화과정이다. 타인의 생각이 맞고 나의 생각이 틀릴 수도 있다는 역지사지의 마음을 갖고 상대방을 배려해주어야 한다. 독서모임을 통해서 각자가 소중한 존재라는 것을 느끼고 자신감을 갖는 계기로 만들어간다. 혼자서 하는 독서는 고독한 과정이다. 누군가에게 자신의 생각을 검증하기 위해서 다른 사람과 이야기 해봐도 대화가 안 된다. 상대방은 전혀 생각하고 있지 않은 것을 대화의 주제로 삼기 어렵기 때문이다. 자기만 잘났고 다른 사람은 대화상대도 안 된다고 무시할 수 있다. 타인을 존중하지 않는 것은 본인의 발전을 위해서 좋지 않다.

혼자서 하는 독서로 성과를 보기 위해서는 많은 도전과 시련을 겪는다. 혼자만 잘났다고 하는 사람은 외면 받을 수밖에 없다. 독서모임에서는 이런 어려움을 함께 극복하게 한다. 모두가 주인공이 되어 함께하는 독서 동지들과의 즐거운 만남이 삶을 풍요롭게 해준다.

3

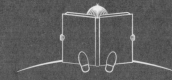

독서모임으로
성장하기

책을 읽고
토론한다는 의미

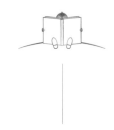

미래의 세계는 창의력이 있는 사람만이 일자리를 가질 수 있다고 한다. 단순반복적인 일은 아무리 복잡한 일이라도 인공지능, 로봇에게 일자리를 내주는 세상이 오고 있다. 창의성은 어떻게 키울 수 있는가? 사교육을 통해서 창의성을 배울 수 있을까? 학교성적이 좋고 수능시험을 잘 보는 학생들은 창의력이 뛰어날까? 어릴 때부터 사교육에 단련되어 수능시험을 잘 봐서 명문대학에 간 학생들이 창의력이 뛰어나다면 우리나라에 노벨상을 받은 사람은 왜 없을까? 학생들이 참여하는 수학, 과학 올림피아드 상위권을 휩쓰는 대한민국이 수학의 노벨상이라는 필즈상은 단 한 명도 받지 못하고 있다. 이웃나라 일본은 벌써 27번째 노벨상 수상자를 배출하고 있다. 우리의 교육이 독창적이고 창의적인 인재를 키워내지 못하고 있는 것이다.

창의성을 키우는 가장 좋은 방법 중 하나는 독서를 하는 것이다.

독서를 통해서 상상력은 저절로 키워진다. 책이라는 매개체를 이용해서 글을 읽으면서 머릿속으로 상상을 한다. 뇌과학자의 연구에 의하면 영상 미디어를 접할 때 시각중추를 비롯한 극히 일부의 뇌만 활성화되는데 반해 독서를 할 때는 뇌전체가 활성화되면서 온갖 자극을 주고 있는 것이다. 여행을 가면 새로운 낯선 환경에서 우리 뇌는 자극을 많이 받는다.

낯선 곳에서 적응하기 위해서 평상시와 다르게 생각하고 행동하게 된다. 독서도 여행과 마찬가지로 뇌에 자극을 많이 받는다. 새로운 낯선 것을 접한다는 점에서 여행과 독서는 똑같기 때문이다. 그래서 '여행은 걸어 다니는 독서이고, 독서는 앉아서 하는 여행'이라고 한다.

지리산 노고단에 올라가서 보면 첩첩산중이라는 말을 실감나게 하는 장관이 펼쳐진다. 사진으로 보는 것과는 비교가 되지 않는 광경이다. 직접 보지 않고 '첩첩산중'이라는 말을 설명할 수 없다. 지리산에 와본 이후로는 '첩첩산중'이라는 말만 들어도 지리산의 장관이 눈앞에 상상이 된다. 지리산이라는 말만 들어도 겹겹이 있는 산 너머 산들이 펼쳐진 모습이 상상이 된다. 영상으로 지리산을 본다면 보면서 시각중추가 즐거울 뿐이지만 책을 통해서 '지리산', '첩첩산중'이라는 단어를 보면 머릿속에는 노고단에서 보았던 광경이 떠오를 것이다.

여행과 독서는 이렇게 상상력을 자극시키고 발달시킨다. 일상에 충실해야 하기 때문에 늘 여행을 할 수는 없다. 돈과 시간이 많이 들기 때문이다. 독서는 큰 돈 들이지 않고 일상을 방해하지 않으면서 할 수 있다. 독서만큼 우리의 상상력을 자극시키는 도구도 없다.

독서를 통해서 새로운 생각을 하는 비율을 높여서 틀에 박힌 사고만 하지 않고 새롭고 창의적인 생각을 하도록 해야 한다. 흔히 청소년기에 독서를 많이 하면 좋다고 생각한다. 많은 부모들이 아이들을 위해서 독서할 수 있는 환경을 조성해주고 있다. 거실에 TV를 없애고 그 자리에 책장을 놓는다. 거실은 TV소리 대신 책장을 넘기는 소리가 들리는 공간으로 변신을 한다. 아이들의 창의력을 키우기 위해서 아주 좋은 환경이다. 부모들이 함께 책을 읽으면 금상첨화가 된다.

유태인들은 가족들이 평생 하브루타를 한다. 하브루타는 유태인 가정에서 가장을 중심으로 매주 금요일 저녁에 토라와 탈무드를 가지고 토론을 한다. 부모와 자녀가 매주 토론을 하면서 성장한다. 아이들은 13세가 되면 성인식을 하고 성인으로 인정을 받는다. 법적인 성인은 아니지만 인격체로서 존중받고 경제활동을 시작할 수 있는 나이가 되어 책임 있는 사회인으로 되기 위한 나이이다. 우리도 종교적인 목적이 아닌 가족 간의 소통을 위한 하브루타가 필요하다.

집안의 아버지와 어머니의 주도로 아이들과 함께 독서 하브루타를 하는 것이다. 가족이 함께 책을 읽고 토론을 하는 것이다. 세상의 경험이 작은 아이들은 책을 읽고 나서 현실에 적용하는데 어려움을 겪는다. 현실은 책에서 본 것도 조금은 다르기 때문이다. 책의 내용과 현실이 다르다는 것을 부모들이 알려주어야 한다. 주입식 교육이 아닌 자연스럽게 함께 토론하고 이야기하면서 익히도록 해야 한다.

아이들은 책을 읽기만 하고 토론을 하지 않으면 현실을 잘못 이해할 수도 있다. 어른들도 마찬가지이다. 혼자서 독서를 하면서 자기만의 생각에 빠지기 쉽다. 함께 읽고 독서토론을 하게 되면 자연스럽게 다른 사람과 세상에 대한 이해의 폭이 넓어지게 된다. 책을 읽고 토론한다는 것은 외골수에 빠지지 않고 다른 사람들의 생각을 듣고 이해하는 시간을 갖는 점에서 의미가 있다.

민규(아들)와 2년간 독서 하브루타를 했다. 민규의 중3 여름방학때부터 시작해서 매주 주말마다 2년간 100회 정도를 진행했다. 주로 인문학, 역사, 고전, 철학서적 위주로 진행했다. 민규와 단 둘이 진행을 했다. 11개월째 헤로도토스의 《역사》를 한 살 어린 조카인 하민이와 함께했다. 22개월째에 고병권 작가의 《니체의 위험한 책 차라투스트라는 이렇게 말했다》부터 민규의 단짝 친구인 희상이가 합류해서 나까지 4명이 독서 하브루타를 했다. 니체에 큰 영향을 받으면서 희상이는 대학에 가야겠다는 마음을 먹었다고 한다. 이후 희상이는 사진실기 학원을 다니면서 입시를 준비해 서울예대 사진학과에 진학했다. 존 스튜어트 밀의 《자유론》을 끝으로 아이들과의 주말 독서토론을 끝마쳤다. 민규도 이전에는 대학진학에 대한 목표가 뚜렷하지 않았는데, 거실에서 2년간 독서토론을 마치고 공부를 하여 영상미디어학과에 진학하여 방송국에서 일하는 것을 꿈꾸고 있다. 하민이도 대학진학에 강한 목표를 가지고 열심히 공부에 매진하고 있다.

아이들이 독서토론 없이 책만 읽었다면 2년간 꾸준히 인문고전 책들을 읽기 어려웠을 것이다. 또한 어떤 책을 읽어야 할지도 갈피를 잡지 못했을 것이다. 아이들과 함께 독서토론하면서 느낀 점은 아이들은 자신들이 알고 있는 세상과 경험의 범위 내에서 책을 읽고 해석한다는 것이다. 내가 감명 깊게 읽고 의미를 부여한 부분을 간과해서 읽은 경우가 많았다. 나도 처음 읽어본 책들이 대부분이었지만 그 동안의 지식과 삶의 경험으로부터 독서토론 시에 아이들을 올바른 방향으로 이끌 수 있었던 것 같다.

책을 읽기만 하다보면 계속해서 새로운 것을 보고 싶은 욕구가 생긴다. 책의 내용을 다지고 내 삶에 적용하려고 애쓰기보다는 계속해서 책만 읽으면서 권수만 쌓아가는 우를 범할 수 있다. 책을 무조건 다독하는 것이 좋은 것이 아니고, 읽은 책을 다지면서 내 것으로 만들어야 한다. 천천히 다지면서 가는 것이 훨씬 효과적인 것이다. 그저 읽기만 하고 앞으로만 나아간다면 책의 권수는 쌓여갈지 모르지만 밑 빠진 독에 물붓기 식이 될 수 있다. 책을 읽고 토론을 하면서 나의 것으로 만드는 지난한 작업이 나를 성장시켜 주는 것이다.

성인들의 독서토론도 마찬가지이다. 마냥 읽기만 하는 것 보다는 독서토론을 통해서 다지는 작업을 갖는 것이 좋다. 책에서 배운 좋은 습관 만들기를 서로 격려하면서 실천하는 것을 돕는다. 단톡방에서 이른 아침에 '굿모닝~' 하는 것이나, 물을 하루에 2리터를 먹으려면 어떻게 해야 하는지 서로 이야기를 나누면서 노하우를 전수받는 등

밝고 긍정적인 상호피드백을 통해서 함께 성장하는 것이다. 혼자 하는 빠른 독서보다 함께하는 느린 독서토론이 지치지 않고 오래 지속할 수 있는 좋은 것이다. 주변에 좋은 에너지를 가진 사람이 많으면 나도 좋은 에너지의 기운을 받아서 긍정적인 사람이 된다. 주변에 부정적인 에너지를 가진 사람이 많으면 내가 하는 일마다 안 풀리게 된다. 우선 나부터도 긍정적인 사람이 되고, 주변에 긍정적인 사람들을 끌어들인다. 독서토론을 통해서 좋은 에너지를 받아서 함께 성장하는 삶을 살도록 하자.

한 권에서도
배우는 가치

정독과 다독 중 어느 것이 더 좋은가라는 물음에 대한 답은 없다. 때에 따라서 정독이 좋을 수도 있고, 다독이 좋을 수도 있다. 나를 변화시킨 단 한 권의 책은 없다고 본다. 책을 여러 권 계속 보다보면 누적된 것이 나를 변화시킨 것이다. 나에게는 감동적인 책이라도 모든 사람들에게 감동적이지는 않다. 나에게 강한 자극을 주는 책은 있지만 오로지 책 한 권이 나를 변화시키지는 못한다. 독서를 통해서 변화를 가져오려면 기본적인 독서의 양이 쌓여야 한다.

2개월 정도 지속한 새로운 습관은 자기 것이 된다고 한다. 매일 30분 정도씩 꾸준히 독서를 하면 매월 2권씩은 볼 수 있다. 책을 멀리했던 사람이 독서를 새로운 습관으로 받아들이기 위해서는 매일 1시간 정도의 시간을 내야 한다. 2개월 이상 독서를 해서 습관이 된 사람은 하루에 30분 정도의 시간을 투자해도 짧은 시간에 독서의 효과를 내기에 충분한 시간이다.

처음 독서를 시작한 사람은 적어도 독서에 1시간의 시간을 투자해야 한다. 독서하기 전의 여가 시간에 본인이 하던 안 좋은 습관을 하나라도 버리려고 노력해야 한다. 적어도 1시간은 빼야 된다. 그렇게 확보한 1시간을 독서에 투자해야 1주일에 1권 정도는 읽을 수 있다. 한 달에 4권을 보면 3개월에 12권을 볼 수 있다. 독서의 시작단계에서는 독서의 권수보다는 일정한 시간에 꾸준하게 책을 보는 습관을 들이는 것이 중요하다. 하나를 얻기 위해서는 반드시 다른 하나를 버려야 한다. 독서를 하기 위해서는 안 좋은 습관 한 가지를 버려야 한다.

독서의 습관화 과정은 우리가 어떤 운동을 시작하기 전에 체조나 준비운동을 하는 것과 같은 것이다. 제대로 워밍업도 안 된 상태에서 운동을 하는 것은 건강에 도움이 되는 것이 아니고 독이 될 수도 있다. 충분하게 몸을 풀고 준비가 된 상태에서 본격적인 운동을 시작해야 몸도 다치지 않고 목표로 했던 건강이라는 결과를 얻을 수 있다. 운동이 어느 정도 흥미도 생기고 몸에 익숙해질 때까지는 신경을 많이 써야 한다. 아직 운동이 습관화되지 않은 상태에서는 다시 과거의 습관이 살아나서 운동이라는 새로운 습관이 자리를 잡지도 못하고 말 수도 있다. 운동이 어느 정도 궤도에 오르면 조금씩 강도를 올려가면서 자신의 한계를 뛰어넘을 수도 있다. 운동을 갓 시작한 사람이 욕심을 부리면 몸에 이상이 생기고 금방 포기해버린다.

독서도 마찬가지로 어느 정도 습관화되기 전까지는 욕심을 부리지 말고 본인이 읽기에 적당한 수준의 평이한 책을 읽으면서 독서근육을 키우는데 주력해야 한다. 3개월 정도 독서근육을 충분히 키운 후에는 조금 수준 있는 책과 평이한 책을 번갈아가면서 독서근육을 강화한다. 운동을 어느 정도 단계까지 진행한 사람은 본인의 한계를 넘기 위해서 강도 있는 운동과 몸을 풀어주는 운동을 하듯이 독서도 마찬가지로 책의 난이도를 조절하면서 보면 좋다.

독서모임을 처음 나온 사람들은 막연하게 독서를 하면 좋을 것이라고 생각해서 일단 용기를 내서 나온다. 하지만 본인이 독서를 통해서 무엇을 이루겠다는 어떤 비전을 가지고 있지 못하면 2~3번 나오거나 잘해야 5~6번 정도 나오는 것이 한계이다. 그동안 독서를 하지 않아도 큰 불편 없이 잘 살아왔는데 새삼스럽게 독서를 계속해야 하는 유인을 찾지 못하기 때문이다.

많은 사람들은 부자를 보면서 '부럽다'라고 말하지만 본인은 지레 안 될 거라고 생각하거나 부자에 대한 안 좋은 편견을 대입해서 "돈 벌어서 뭐해, 안분지족하면서 사는 게 행복이지"라고 말한다.

마찬가지로 독서를 하는 사람들을 보면서 "대단하다"라고 말하면서 본인은 독서를 할 수 없는 상황에 대한 갖은 핑계를 댄다. 독서를 통해서 내가 어떤 사람이 되겠다는 비전이 있는 사람은 어떤 어려움이 와도 이겨낼 수 있는 힘을 갖는다. 목적의식 있는 독서가 중요하다. 이러한 생각과 가치를 공유할 수 있는 사람들과 함께 독서토론을 꾸준히 하면 본인도 감화되면서 빠르게 성장할 수 있다.

다독보다는 정독을 즐기는 편이다. 정독을 하면서 저자와 대화를 나누는 즐거움을 알기 때문이다. 내가 궁금하게 생각하는 것에 대해서 저자에게 물어보면 저자는 나에게 답을 준다. 저자와 대화를 나누는 즐거운 시간이라면 천천히 음미하는 것이 좋지 않은가? 이렇게 정독을 하면서도 이른 아침이나 저녁 퇴근 후에 짬짬이 책을 보면서 1년에 100권을 꾸준히 보고 있다. 1주일에 두 권 정도를 계속 읽어가고 있는 셈이다.

50살에 독서를 시작해서 100살까지 독서계획을 세워보았다. 초반에는 매년 100권씩 꾸준히 보지만 어느 정도 나이가 들면 시력과 체력에 문제가 생겨서 1년에 100권씩 읽는 것은 무리가 있는 것 같았다. 그렇게 해서 계산을 해보니 평생 2,500권을 읽을 수 있겠다는 결론이 나왔다. 아직도 읽어야 할 책들이 많은데 2,500권밖에 못 본다고 생각하니 조바심이 나기도 했다. 그래서 읽을 책을 제한하기로 했다. 그 원칙은 다음과 같다.

시간을 낭비하는 책은 보지 않는다,
1번 보고 버리는 책은 보지 않는다,
두 번 이상 볼 책만 본다.

책을 까다롭게 선정하기 때문에 남이 좋다고 선물해준 책을 잘 보지 않는다. 책 속에서 책을 계속 권해준다. 해마다 좋은 양서들이 계속 나온다. 이렇게 쏟아지는 책의 홍수 속에서 위와 같은 나만의 원

본인이 어떠한 사람이 되겠다는 비전을 세우고 독서를 하는 것이 좋다.
스스로 '나는 위대한 사람이다'라고 생각해라.
위대한 사람은 남들과 똑같은 생각과 행동을 하지 않는다.
남과 다른 생각을 하는 사람들을 직접 만나기 어려우니
책을 통해서 간접적으로 만나는 것이다.

칙을 고수하고 있다.

해마다 30여 권의 책은 전체를 끝까지 다 보지 않는다. 필요한 부분만 발췌해서 본다. 끝까지 보는 것이 중요한 것이 아니고 한 권을 보더라도 제대로 보는 것이 중요하다. 제대로 보는 것은 정독을 하라는 것이 아니다. 책이 나에게 주는 단 한가지의 메시지라도 얻어서 내 행동과 사고의 변화가 있어야 한다. 정독, 다독의 문제보다 중요한 것은 내가 책을 읽고 행동의 변화, 사고의 변화가 있느냐 하는 것이다. 권수를 채우기 위한 독서는 남는 것이 없다.

목표의식을 갖는 독서가 중요하다. "나는 반드시 독서를 통해서 변화하겠다"는 목표를 세우고 독서를 해야 한다. 운동을 할 때 목표를 갖고 운동을 하는 것이 운동을 지속할 수 있게 해준다. 체중을 얼마나 줄이겠다고 구체적인 체중목표를 가지고 주변에 공표하고 목표 시한을 정하면 지킬 확률이 높아진다. "나는 앞으로 3개월 후인 12월 25일까지 체중을 6kg을 빼서 70kg으로 만들겠다"라고 선언하고 글로 써서 책상 앞에 붙이고, 주변에 알리고 열심히 운동을 하면 반드시 목표를 이룰 수 있다. 조금 게을러지려고 하다가도 본인의 목표를 다시 확인하고 지속적인 동기부여가 되는 것이다.

본인이 어떠한 사람이 되겠다는 비전을 세우고 독서를 하는 것이 좋다. 스스로 '나는 위대한 사람이다'라고 생각해라. 위대한 사람은 남들과 똑같은 생각과 행동을 하지 않는다. 남다른 생각과 행동을 하기 위해서는 남과 다른 생각을 하는 사람들을 만나서 대화를 나누고 정보를 습득하면 된다. 남과 다른 생각을 하는 사람들을 직접 만나기 어려우니 책을 통해서 간접적으로 만나는 것이다. 스스로 '나는 부자가 되겠다'라고 생각해라. 부자의 부정적인 면만을 생각하지 말고 사회를 위해서 공헌하는 점만을 생각하고 부자가 되겠다는 목표를 세우면 부자가 될 수 있다. '스스로 위대한 사람이 되겠다'는 목표를 세우고 독서를 하면 마음가짐이 달라질 것이다. 사소하고 하찮은 일에 신경 쓰고 마음 상하지 말자. 한 평도 안 되는 마음에 사로잡혀서 우주를 품을 수 있는 기회를 놓치면 안 된다.

독서도 연습이
필요하다

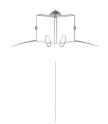

수영을 하면 허리에 좋다고 해서 20대에 수영을 배웠다. 그 당시
실내수영장이 여기저기 생기기 시작했다. 그 이전에 수영은 동네 개
울가나 강가에서 마구잡이로 하는 것이었다. 실내수영장에서는 코
치가 정해진 시간에 한 레인의 수강생들을 한꺼번에 가르친다. 대부
분의 레인이 이렇게 집단으로 수준별로 레슨을 받는다. 나는 레슨을
받지 않고 자유수영 레인에서 곁눈질로 수영을 배웠다. 배영은 자유
수영하면서 배우기가 쉽지 않았다. 배영만 하면 물을 먹었다. 접영
은 허리에 안 좋다고 해서 배우지 않았다. 자연스럽게 자유형과 평형
을 주로 연습했다. 자유형으로 빨리 가는 것과 지구력 있게 쉬지 않
고 왕복해서 500m정도 수영하는 것은 자신이 있었다. 평형도 잘하
는 편이었다. 총각 때 열심히 하던 수영을 결혼할 즈음부터 안했다.

독서를 시작한 이후에 운동을 소홀히 하면서 여기저기 몸이 안 좋
아졌다. 몸살감기에도 자주 걸리고 해서 운동을 통해 건강을 지켜나

가면서 독서를 하기로 했다. 수영을 다시 시작했다. 20년간 수영을 쉬었더니 그동안 수영 영법이 달라져 있었다. 예전의 총각 때 날렵하게 수영을 하던 솜씨도 없어졌다. 게다가 배영을 하기만 하면 물을 먹었다. 접영은 제대로 배운 적이 없으니 발차기부터 다시 배워야 하는 상황이었다. 간신히 자유형과 평형만 그런 대로 할 줄 알았다. 이제는 빠르게 수영하는 것도 쉽지 않아서 앞에 나가지 못하고 중간 정도에서 줄을 섰다. 그렇게 2년이 지나서 배영하면서 물은 안 먹게 되었고 접영도 흉내는 내고 있다. 젊은 사람들은 금방 배우고 힘도 좋아서 내 앞에서 힘차게 수영하고 있다. 나는 중년의 나이라서 힘에 부쳐 간신히 따라가고 있다.

독서도 수영과 마찬가지인 점이 많다. 제대로 배우지 못하고 아무렇게나 하면 진도도 느리고 성과가 낮게 나온다. 제대로 배우면 나중에 많이 교정 받지 않아도 된다. 처음에 제대로 배우는 것이 낫다. 독서도 요령이 있다. 독서의 요령을 제대로 배우지 못하면 효율도 떨어지고 독서를 해도 성과를 낼 수 없다. 결국 독서를 그만두고 과거로 회귀하게 된다. 독서를 통해서 많은 지식을 얻고 빨리 성장하기 위해서 조바심을 가지는 것은 좋지 않다. 천천히 기다리면서 독서할 준비가 될 때까지 워밍업을 해야 한다.

처음 독서를 시작할 때 《독서천재가 된 홍대리》에 나오는 내용처럼 '100일간 33권 독서'를 목표로 워밍업을 하면서 독서의 습관화를 만들기 위해 노력했다. 100일간 총 35권을 읽어서 목표달성을 했다. 100일 동안 책을 몇 권 읽었냐가 중요한 것이 아니다. 100일 동안 독서하기 위해서 나의 여가 생활이 깔끔하게 정리 되었다는 사실이 더 칭찬받을 일이다. 100일 만에 나는 새로운 사람이 되었던 것이다. 보통의 평범한 사람에서 독서하는 사람으로 바뀐 것이다. 아무런 생각 없이 살다가 깊이 있는 자아를 가진 사람으로 바뀐 것이다. 100일간의 과거와의 단절의 시간이 나를 변모시킨 것이다. 비행기가 이륙할 때 연료를 가장 많이 소모한다고 한다. 독서를 포함한 모든 일은 시작해서 어느 정도 단계에 오를 때까지가 에너지를 많이 필요로 한다. 100일 정도만 집중하고 신경 써서 내 것으로 만들면 그 다음에는 꾸준하게 하는 것은 어렵지 않다.

독서를 하면서 독서의 목적을 끊임없이 되묻고 잊지 말아야 한다. 독서의 목적이 단순히 시간을 때우는 취미생활 정도가 되어서는 안 된다. 독서를 통해서 나를 찾고 이상적인 나의 모습을 그려가면서 만들어가겠다는 목표가 있어야 한다. 인간의 뇌는 진짜와 가짜를 구별하지 못한다고 한다. 내가 그리는 나의 이상적인 모습은 허구이다. 그런 허구를 목표로 살아갈 때 허구가 현실이 되는 것이다.

그러한 목표가 현실이 되기 위해서는 막연하게 꿈만 꾸는 것이 아니고 현실적으로 내가 할 수 있는 작은 실천들을 찾아서 실행해야 한다. 매일 꾸준히 1시간 내외의 독서를 하는 것도 작은 실천이라고 볼 수 있다. 독서라는 가치 있는 행위를 함으로써 목표에 한 발짝 더 다가가는 것이다. 나도 독서를 시작한 이후로 음주량이 대폭 줄었다.

인생은 즐기기 위해서 있는 것이라고 하지만 책을 멀리하고 오락을 가까이 하는 것은 생각의 폭이 좁아지고 미래의 비전을 가질 수 없다. 독서를 통해서 사고의 폭을 넓히고 넓은 세상의 경험을 해서 자신의 비전을 세워야 한다.

독서를 하면서 현실과 접목하려는 노력을 하는 것은 자연스럽고 권장할 만하다. 지금 현재 본인이 종사하고 있는 직업과 연관지어서 책을 해석하고 적용하려고 해야 한다. 현실과의 조응에 실패하면 '책상물림'이라는 소리를 듣는다. 책을 혼자 읽을 때는 그냥 읽기만 하기 쉽다. 책이나 다른 곳에 메모하고 정리하다보면 시간이 걸린다. 책을 읽다보면 욕심이 생겨서 계속해서 새로운 것을 보고 싶어진다. 많은 책을 읽는다고 그 내용이 모두 머릿속에 남아 있지 않다. 천천히 다지면서 읽어야 책의 내용이 내 몸에 체화되어 남는다.

책의 내용을 내 것으로 만들기 위해서는 독서모임을 하는 것이 좋다. 독서모임을 통해서 상대방의 이야기를 들으면서 내가 모르고 지나친 것을 알아내고, 내 의견을 말하면서 생각이 정리되기도 한다. 각자 본인이 처한 상황에서 책에서 본 것을 적용한 경험을 다른 사람과 공유하면서 상대방에게 서로 배우는 것은 독서모임의 백미이다. 책 한권을 읽고 모두가 좋은 의견을 말하기 위해서 선의의 경쟁을 펼치면서 자극받고 성장하는 것이다. 독서모임은 함께함으로써 자연스럽게 성장하게 된다.

함께 성장하는 것이
핵심이다

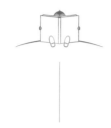

독서모임에 처음 나온 사람들은 조별 토론에서 책을 보지 않으면
서 발표를 하는 경우가 많다. 주로 책의 느낌과 소감을 말한다. 책 좀
읽어봤다고 하는 사람들은 책에 대한 비평까지 한다. 네오비 독서
지향과 부천 독서지향에서는 기본적으로 본깨적 방식을 지향한다.
조별 토론에서 5분간 하는 본인 발표는 책을 중심으로 한다. 책에
서 본 것을 귀접기나 포스트잇을 붙이는 방식으로 표시해두거나 별
도의 본깨적 노트에 해당 페이지를 적어서 발표를 한다. 이렇게 발
표자가 책을 중심으로 하면 산만하지 않고 듣는 사람의 입장에서 책
을 다시 보면서 책을 읽은 기억도 되새기고 자신이 책에 표시한 것
과 비교하게 된다.

책을 중심으로 '본 것'과 '깨달은 것'을 발표하고 '적용할 것'은 실
제 본인이 적용해서 얻은 좋은 사례를 발표한다. 처음에는 본깨적 발
표방식에 익숙하지 않던 사람들도 반복해서 독서모임에 참석하면서

책을 중심으로 발표하게 된다. 먼저 시작한 동료들의 독서토론 방식을 새로 나온 회원들이 자연스럽게 배우게 되는 것이다. 먼저 시작한 동료들은 새로 독서를 시작한 사람들을 따뜻하게 격려하면서 자연스럽게 독서 동지가 되도록 이끌어준다.

독서모임을 시작할 때 하이파이브로 두 손을 번쩍 들어서 3번씩 부딪히면서 인사를 한다. 참석자들이 돌아다니면서 "안녕하세요!", "반갑습니다!", "좋은 아침입니다!"라고 인사를 한다. 인사를 할 때면 시끌벅적한 시골장터 같다.

처음 온 사람들은 이런 분위기가 조금은 당황스럽다고 한다. 마치 신흥종교나 다단계 판매하는 곳 같다고 한다. 이런 반응이 활력이 넘치는 곳이라는 칭찬으로 받아들이고 싶다. 독서모임이 피동적이고 조용할 것이라는 편견을 깨고 싶은 것이다.

독서모임은 능동적이고 실천 지향적이므로 이렇게 시끌벅적한 것이 정상이다. 독서모임에 오래 나온 사람들은 이렇게 함께 환하게 웃으면서 인사하는 것을 즐긴다. 앞으로도 이러한 전통은 계속 지키고 싶다. 독서모임에 조용히 왔다가 조용히 간다면 독서를 피동적으로 하겠다는 의사표시라고 생각한다. 능동적이고 주체적인 독서를 하기 위해서도 독서모임은 활기차고 생동감이 넘치는 것이 좋다.

어느 공인중개사 독서모임은 3년 된 모임인데 사람들이 책을 잘 안 읽고 온다고 고민을 하고 있다. 리더에게 "독서의 목적이 무엇이냐?"고 물었다. 리더의 대답은 조금 더 매출을 올리고 싶은 게 목적이라고 한다. 네오비 독서지향과 똑같은 공인중개사 독서모임인데 커리큘럼부터 많이 다르다. 네오비 독서지향은 부동산 투자 외에도 경영, 경제, 영업, 자기계발, 인문학 등 다양한 분야인데 반해 그 독서모임은 부동산과 경제와 관련된 도서 위주로 본다고 한다. 책을 잘 안 읽고 와서 조별 토론이 안 되어서 고육지책으로 한 챕터씩 할당을 주어서 발표하게 한다고 한다. 3년이 되었는데도 책 읽는 습관이 안 된다는 것이다. 모든 책을 처음부터 끝까지 다 읽을 필요는 없지만 필요한 부분은 읽어보고 생각의 한계를 뛰어넘으려고 해야 한다. 독서가 습관화되지 않아서 마지못해 한 챕터씩 읽는 것은 책을 온전히 이해했다고 말할 수 없다.

그리고 독서의 목적이 지식의 습득을 통한 본인 사업의 도구로만 이용하겠다는 협소하고 자기중심적인 목표만 가지고 있는 것이다. 좋은 독서모임에서는 함께하는 사회를 만들도록 노력하고 모두가 함께할 수 있도록 한다. 독서의 목적이 다르니 결과도 다르게 나올 수밖에 없다.

독서의 목적은 지식의 습득이 전부는 아니다. 지식의 습득만을 목적으로 한 독서는 지속될지언정 재미는 없다. 오히려 독서의 목적은 지식의 습득보다는 지혜의 습득이라고 말한다. 독서를 통해서 지식을 습득하는 면이 있지만 요즘은 미디어의 발달로 책을 대신해서 지식을 습득할 수 있는 방법들이 많다. 하지만 지혜의 습득은 책을 통하지 않고는 쉽지 않다. 좋은 스승이나 멘토를 만나서 배우는 것도 지혜를 배울 수 있는 방법이지만 현실적으로 금전적이나 시공간의 제약으로 쉽지 않다. 대부분의 사람들은 좋은 스승이나 멘토를 책을 통해서 간접적으로 만날 수밖에 없다. 독서를 하면서 저자와 대화하는 것은 기분 좋고 유쾌한 일이다. 내가 생각지도 못한 것을 생각해 내는 저자를 보면서 경탄을 금치 못하는 경우가 많다. 나의 사고의 주파수를 저자와 맞추면서 내가 아닌 새로운 나를 만나는 기쁨은 독서를 통해 얻는 기쁨이다.

독서를 통해서 저자에게 배우면 나를 보고 배우는 주변사람들이 생긴다. 우리는 어떤 사람들의 모든 것이 아닌 작은 행동 하나를 배우는 경우가 많다. 우리 모두는 다른 사람들의 멘토가 될 수 있다. 서로가 긍정적인 영향을 끼침으로써 배우고 발전하게 된다. 이러한 상생의 삶이 독서모임을 통해서 이루어진다.

《책을 읽는 사람만이 손에 넣는 것》의 저자 후지하라 가즈히로는 독서는 퍼즐 맞추기식 사고방식을 뛰어넘어서 레고 맞추기라고 한다. 학교교육은 정답 맞추기식 교육으로 정답이 있는 퍼즐 맞추기와 같은 형식이다. 하지만 레고 맞추기는 정답이 없다. 내가 원하는 것과 상상하는 것을 무한정 만들 수 있는 것이 레고의 특성이다. 독서를 통해서 얻는 것은 정답 맞추기식 공부를 지양하고 무한한 상상력을 발휘할 수 있는 레고 맞추기 같은 것을 지향하는 것이다. 세상을 살아가다 보면 정답이 없는 일이 많다. 퍼즐 맞추기 사고에 익숙해

있는 사람들은 정답이 없는 경우 당황하게 된다. 정답이 없어도 독서를 통해서 창의력을 배우고 사고의 유연함을 가지고 있는 사람들은 레고 맞추기식으로 풀어나가게 된다는 것이다.

독서는 한마디로 사고력을 키우는 것이라고 할 수 있다. 인생의 목적과 방향에 대해 고민해보지 않은 사람들은 스스로의 힘으로 세상을 살아가기 어렵다. 작은 어려움이 닥쳐도 쉽게 좌절하고 포기한다. 세상이 나 혼자가 아니고 함께한다는 생각이 있으면 세상은 살 만하다고 생각하게 된다. 혼자만의 독서가 아닌 함께하는 독서모임을 통해서 지치지 않는 열정을 가질 수 있다. 혼자 가면 지치게 마련이다. 함께 가면 지치지 않고 계속 갈 수 있다.

원포인트 레슨으로 발표력의 향상

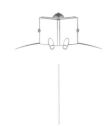

요즘은 평생학습을 통한 자기성장을 해야 하는 시대이다. 자신의 강점을 유감없이 드러내야 하는 자기 PR시대이다. 2시간 동안 진행되는 독서지향의 하이라이트는 '원포인트 레슨'이다. 사전에 내정된 사람이 약30분 정도로 책의 내용을 갈무리한다. 대부분의 사람들이 대중 앞에서 발표하는 것에 익숙하지 않아서 선뜻 자원하지는 않는다. 하지만 일단 기회가 주어지면 파워포인트로 책의 내용을 요약 정리해서 프레젠테이션 자료를 만든다. 독서지향의 구성원들이 연령층이 높은 편이라서 대부분 파워포인트는 익숙하지 않다. 젊은 사람들은 컴퓨터에 거부감이 없고 파워포인트는 익숙하게 잘 하는 편이다.

'원포인트 레슨'을 해달라고 섭외를 하면 대개의 반응은 "올해 하반기에 할게요", "내년에 할게요"라고 말하면서 일단 미루고 본다. 그나마 다행인 것은 "원포인트 레슨은 절대 못해요"라고 말하는 사람은 없다는 것이다.

처음 원포인트 레슨을 하면 구성도 엉성하고 발표도 좀 어색하게 한다. 하지만 두 번, 세 번 반복하면서 능숙하게 파워포인트 자료도 만들고 발표도 여유있게 하게 된다. 한두 번의 경험으로 인해서 다음번에는 잘하게 된다. 대중 앞에서의 발표에 자신감이 생기게 된다.

원포인트 레슨용 프레젠테이션 자료를 만드는 방법은 어렵지 않다. 일반적으로 성인을 대상으로 하는 같은 주제를 반복해서 하게 되는 강의와 달리 한번 사용하고 마는 특성을 생각해야 한다. 처음부터 파워포인트로 자료를 만들려고 하면 막막하고 어느 것부터 해야 될지 모른다. 파워포인트로 직접 프레젠테이션을 작성하기 전에 A4 용지에 손으로 직접 써서 밑작업을 먼저 할 수 있다. 다른 방법으로는 MS Word를 이용해서 문서작업을 한 후에 문서를 복사해서 파워포인트에 붙여넣기 하는 방법이 있다. 여기서는 후자를 설명해보겠다. 일반적으로 문서를 만드는 '한글'과 MS사의 파워포인트는 호환되지 않는다. MS Word를 사용해서 문서를 만들어야 파워포인트와 호환이 된다.

- 먼저, 책을 읽어가면서 책의 여백에 '본깨적' 방식으로 저자가 이야기는 주요내용, 느낀 점, 적용할 점을 적는다.
- 책에 기입한 내용을 MS Word에 옮겨 적는다.
- MS Word의 내용을 파워포인트에 복사해서 한 장씩 붙여넣기를 한다.

- 붙여넣기한 글자들의 폰트 크기는 18~20정도로 한다. 크기가 작으면 멀리서 보이지 않는다.

- 제목글자의 폰트 크기는 24~28정도로 하면 된다.

- 문장에서 핵심이 되는 구절은 빨간색으로 바꾸어준다. 또는 밑줄을 그어주는 방식으로 한다.

- 각 페이지에서 주요 키워드를 하나씩 뽑아서 이미지를 검색해서 컴퓨터 바탕화면에 그림으로 저장한다.

예를 들어 키워드가 "항구"라면 구글 이미지에서 "항구"를 검색해서 찾는다.

- 적당한 사진을 찾아서 바탕화면에 저장한다.

- 파워포인트에 저장된 그림을 삽입한다.

이렇게 해서 텍스트만 있어서 지루하기 쉬운 파워포인트 자료에 이미지를 삽입하면 그럴듯한 프레젠테이션 자료가 된다.

파워포인트에 익숙하지 않은 사람들에게 이런 방법을 일러주어도 잘 하지 못하기 때문에 예전에는 쉽게 설명되어있는 파워포인트 작성법 책을 권했다. 지금은 유튜브에서 "파워포인트"로 검색하면 간단한 파워포인트 만드는 방법들이 많이 나와 있으니 참고 하라고 알려준다.

파워포인트 작성은 지식이 아니고 반복적으로 하는 기능에 해당한다. 잘하는 사람들이 하는 것을 보고 따라하면 된다. 컴퓨터로 문서 작성에 능숙한 젊은 세대들은 학교 다닐 때 과제작성 등으로 이미 파워포인트를 어느 정도 할 줄 안다. 1950~60년대에 태어난 세대들은 익숙하지 않아서 파워포인트를 힘들어한다. 한 번의 경험이 중요하다. 한 번이라도 경험을 하면 두 번째부터는 어려워하지 않고 잘한다.

문제는 프레젠테이션 문서작성이 아니라 발표하는 스킬이다. 대중발표에 익숙하지 않은 사람들은 사전에 준비가 철저하지 못하다. 가장 많은 문제는 발표자가 빔프로젝터 스크린을 보고 발표를 한다는 것이다. 청중을 보고 발표를 하면서 가끔 빔프로젝터 스크린을 보는 것은 문제가 없는데 아예 빔프로젝터 스크린만 보면서 발표를 하는 것이다. 청중을 보면서 청중과 눈을 마주치면서 발표를 해야 하는데 프레젠테이션 내용을 보기 위해서 청중과 등을 돌리고 빔프로젝터 스크린만 보는 것이다. 청중과 같이 호흡할 수 없는 방법이라서 반드시 피해야 한다. 이에 대한 좋은 대안은 발표자 앞에 놓인 노트북 화면을 보는 것이다. 노트북 화면을 보면서 청중을 같이 볼 수 있기 때문에 청중과 눈을 마주칠 수 있다.

다른 방법으로는 TV방송 MC처럼 발표할 내용을 출력해서 들고서 보는 것이다. 이 방법은 파워포인트 자료에 없는 내용까지 상세하게 적어서 발표자가 빠뜨리지 않고 발표할 수 있다. 프레젠테이션 자료에 발표할 모든 내용을 넣는 것보다는 주요 키워드와 문장 위주로

발표를 잘하게 되면 많은 기회가 생긴다.

내가 가지고 있는 생각을 여러 사람에게 잘 전달할 수 있게 되면서

자신감도 생기면서 리더가 될 기회가 생긴다.

나이를 먹어갈수록 개별적인 기능의 향상보다는

통합적이고 포용적인 능력이 배양된다.

하는 것이 좋다. 발표할 모든 내용이 다 들어 있으면 청중들은 발표 자가 프레젠테이션을 줄줄 읽어간다고 생각하기 때문에 발표자에 집 중할 수 없다. 이렇게 지루하게 강의하기보다는 프레젠테이션에 없 는 내용을 이야기하면 청중들은 더욱 주목하게 된다.

프레젠테이션을 준비하면 발표연습을 해야 한다. 실제 사람을 앞 에 놓고 하는 것이 가장 좋다. 강의장 상황을 고려해 어느 정도 거 리를 두고 노트북을 보면서 연습을 한다. 실제 강의장에서는 노트북 과 거리가 어느 정도 떨어지게 되므로 노트북을 보고 발표하려면 좋 은 시력을 가져야 한다. 1~2번 정도 가상으로 발표연습을 하면 가 상 청중이 문제점을 지적해주면 그대로 수정해서 다시 연습하면 된 다. 스마트폰 동영상으로 본인의 발표연습을 찍어서 리뷰해보는 것 도 좋은 방법이다.

발표연습을 하면서 발표할 내용도 숙지하고 전체 발표시간을 조 정할 수 있게 된다. 원포인트 레슨 발표시간은 25~30분 정도를 권 장하고 있다. 프레젠테이션 자료 1장당 2분 정도의 발표시간이 소요 된다. 13~15장 정도면 발표시간에 맞출 수 있다. 파워포인트 프레 젠테이션용 글자 폰트가 18~20정도로 크기 때문에 책의 내용을 요 약해서 정리하면 30장 정도는 넘어가버린다.

책의 모든 내용을 전달하려고 하다가 발표시간이 초과하게 된다. 전체 내용을 빠짐없이 발표하기보다는 주요 부분만 정리해서 발표하 는 기술이 필요하다. 어차피 이야기하는 모든 것을 청중들이 기억할 수는 없기 때문이다.

경험이 부족한 사람들은 몇 십 명의 사람들 앞에서 발표를 하는 것이 쉽지 않다. 내가 그랬었기 때문에 그 심정을 잘 안다. 직장 다닐 때까지 발표력은 전혀 없었다. 1대1로 이야기는 잘하지만 앞에서 발표하는 것은 자신이 없었다.

전에 다니던 직장에서 과장을 할 때 회사중역들과 사장님 앞에서 발표를 해야 할 일이 있었는데 자신 없어 하니까 부서장이 발표를 했다. 이제는 대중 앞에서 발표하는 것에 큰 두려움은 없다. 직장을 퇴직하고 공인중개사를 하면서 부동산 시장의 역사와 흐름에 관해 조사한 것을 2시간 정도 강의를 한 경험이 있었다. 처음 10명 정도 앞에서 연습으로 발표를 하고 나중에 40명 정도 되는 사람들 앞에서 유료강의의 한 부분을 맡아서 발표를 했다. 연습발표 때는 무슨 말을 하는지도 모르고 목은 타고 혀는 바짝바짝 말라갔다. 한번 연습을 하니까 어떻게 발표를 하면 좋겠다는 생각이 들었다. 일단 발표내용을 거의 암기를 해야 된다. 머리가 아니고 입으로 소리를 내서 귀로 들으면서 암기를 해야 된다.

프레젠테이션 자료는 발표내용을 모두 적은 것이 아니기 때문에 멘트도 따로 생각해야 한다. 대중 앞에서 서면 시야가 많이 좁아지는 것을 느낀다. 야간 운전할 때 시야가 좁아지는 것과 비슷하다. 발표할 내용이 충분히 숙지가 안 되면 자신감이 떨어지면서 발표를 못하면 어떻게 하나 하는 걱정이 생겨서 더 힘들다.

발표할 내용이 충분히 숙지가 되고 멘트를 어떻게 할 것인지 준비가 되면 다음으로 중요한 것은 배짱을 갖는 것이다. 잘하려는 생각을 버려야 한다. '발표를 잘못하면 어떻게 하나' 하는 걱정은 전혀 도움이 되지 않는다.

그리고 청중들과 골고루 눈을 마주친다. 가끔 보면 발표하는 사람들 중에 청중 중에서 한 사람과만 눈을 맞추는 사람들이 있는데 여유가 없어 보인다. 시선을 여러 사람에게 옮겨가면서 편안한 미소를 띠면 된다. 중요한 것은 잘하려는 생각보다는 내가 있는 것을 그대로 보여준다는 배짱을 갖는 것이다.

발표를 잘하게 되면 많은 기회가 생긴다. 내가 가지고 있는 생각을 여러 사람에게 잘 전달할 수 있게 되면서 자신감도 생기면서 리더가 될 기회가 생긴다. 나이를 먹어갈수록 개별적인 기능의 향상보다는 통합적이고 포용적인 능력이 배양된다. 리더가 될 자질이 충분한데 대중 앞에 나가는데 대한 두려움이 있다면 큰 핸디캡이 될 것이다. 두려워말고 더 큰 세상으로 나아갈 수 있게 발표력을 향상시켜야 한다. 철저한 준비와 연습 그리고 있는 그대로를 보여주겠다는 배짱으로 원포인트 레슨을 준비해보자. 두세 번 발표한 사람들은 두려움이 없다. 이 사람들에게 리더가 될 기회가 주어지면 리더가 될 수 있는 자질이 생긴 것이다. 리더가 되어 세상을 품고서 세상에 이름을 남기도록 하자!

독서모임에서
나이는 문제가 안 된다

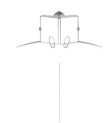

나이 어린 사람들이 중간에 독서토론에 참여하면 먼저 독서토론을 시작한 사람들이 좋아해준다. 요즘같이 책을 읽지 않는 시대에 어린 사람이 독서를 한다는 게 기특하다고 생각하는 거 같다. 각종 스마트기기나 미디어 발달로 다른 곳에서도 정보를 얻고 소통을 하는데 큰 문제가 없는데도 고리타분(?)한 독서를 한다는 것이 칭찬받을 만하기 때문이다.

어린 사람들은 독서를 하면 흡수가 빠르다. 사회 경험이 적어서 책의 내용에 대한 이해력은 떨어지지만 좌고우면하지 않고 바로바로 흡수해서 실천을 한다.

반면에 나이가 많은 사람들은 새로운 정보나 지식이 와도 본인의 경험과 비교를 한다. 이것이 옳은지 그른지 판단을 한다. 본인의 경험에 비추어 받아들이기 힘들면 거부를 한다.

과거의 중년은 TV드라마의 대가족 제도에서 보듯이 노부모와 젊은 세대를 이어주던 효심 깊고 자애로운 모습이었다. 지금의 중년은 본인의 위치를 찾지 못하고 있는 흔들리는 중년이다. 사회적으로 가장 정점에서 일을 하고 있거나 정년이 다가오면서 다음을 준비해야 하는 시기이다.

은퇴 이후의 삶이 길어진 고령화 사회를 지나 고령사회(65세 노인 인구의 비중이 14%이상)가 되었다. 한 가지 분야에서 열심히 일하고 은퇴하면 여유로운 노후가 보장되던 시대에서 은퇴 이후의 길어진 삶을 어떻게 살아야 하는지 고민해야 하는 시대가 되었다.

기존의 자신이 가지고 있던 지식과 경험을 가지고 사는 사람들은 대부분 은퇴가 없이 연장이 된다. 전문직이나, 자영업의 경우가 해당된다. 그 외에 대부분의 사람들은 생계를 위한 생산활동에 종사하거나 연금소득이나 자산소득이 많은 사람들은 사회참여 활동이 필요하다. 본인이 경제활동을 하던 30여 년의 시간만큼의 노후가 남아있기 때문이다.

이때 과거의 본인이 가지고 있던 패러다임으로 사회에 접근해서는 큰 코 다치기 쉽다. 더 이상 과거의 본인들의 이야기를 비중 있게 들어주는 사람들은 없다.

이제 새로운 분야에서 새로운 일을 시작하는 새내기에 불과하기 때문이다. 새로운 시대에 맞게 새로운 생각을 받아들여야 한다. 새로운 것을 받아들이는 것은 고통스러운 일이다. 연습이 필요한 일이다. 연습 이전에 새로운 것을 이해하고 나의 것으로 만드는 작업이 필요하다. 사회교육기관에서 새로운 것을 배우는 것도 좋다. 배우는 내용은 기술적인 것뿐만이 아니라 변화의 트렌드를 배울 수 있는 것이면 좋다. 인문학 강좌, 재테크 강좌 등 무엇이든 배울 수 있는 것은 배워야 한다. 그리고 독서를 통해서 끊임없이 시뮬레이션하면서 다가오는 미래사회에 대한 통찰력을 배워야 한다.

요즘 화두는 저녁이 있는 삶이다. 저녁에 주변사람들과 친교의 시간을 가지는 것도 좋은 일이다. 내일의 활력이 되는 시간이 된다. 매일 친교를 하려면 돈이 많이 든다. 친교의 시간은 적당히 가지고 미래를 위해 준비하는 시간을 가지라고 권하고 싶다. 경제활동하는 시간동안 만큼의 시간이 은퇴 이후에 남아있는데 세상은 변하고 있다. 새로운 세상을 알고 이해하고 적응하기 위해서 준비를 해야 한다.

이때 독서토론은 많은 인사이트를 줄 것이다. 독서를 통해서 세상에 대한 이해를 하고 그것을 가지고 함께 토론하면서 현재와 다가오는 세상을 이해하게 된다.

독서는 매일 꾸준히 30분이라도 하는 것이 좋다. 내 삶이 변화하기 위한 독서를 위해서는 생활습관부터 달라져야 하기 때문이다. 내 삶이 변화하기 위한 것을 목표한 독서가 아니고 내 삶에서 경제활동에 이득이 되기 위한 목표를 한 독서라면 지속적으로 독서하는 습관을 키우지 못한다. 지금 눈앞에 닥친 것만이 아닌 현재와 미래를 동시에 볼 수 있는 통찰력을 길러야 하는 것이다.

네오비 독서지향은 주류가 중년층이다. 부천 독서지향은 지역모임이라서 상대적으로 젊은 사람들의 비율이 높다. 중년층들의 공통점은 최근 20~30년 정도 책을 거의 안 보고 살았다는 것이다. 네오비 독서지향에 나오면서 꾸준하게 독서를 하게 된 것이다. 독서모임에 3~4개월 이상 나오게 되면 독서의 힘과 생활의 변화를 느끼기 때문에 계속해서 독서를 하게 된다. 이렇게 꾸준하게 독서를 하는 사람들은 주변에 독서를 권하게 된다. 함께 독서모임에 나오기를 권한다. 본인이 독서를 통해서 변했기 때문에 그것을 주변 사람들과 함께하고 싶은 것이다. 독서를 통해서 젊은 사람들이 변하는 것은 정말 눈부시다. 아직 젊고 새로운 것을 잘 받아들이고 적극적이기 때문에 일취월장하는 것을 느낀다. 하지만 중년도 독서를 통해서 환골탈태할 만큼 변한 사례들이 많다.

독서모임으로
리더가 가장 성장한다

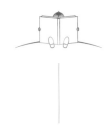

독서모임에 꾸준히 나오는 분들 중에 나에게 고맙다고 인사하시는 분들이 많다. 책을 멀리했다가 독서모임에 나오면서 삶의 긍정적인 변화가 생긴다. 독서를 통해서 하는 일도 잘되고 가족과도 화목해지고 삶의 목표도 뚜렷해지기 때문에 독서모임 리더에게 감사한 마음을 갖는 것 같다.

독서모임의 리더를 하면서 많은 시간을 할애해서 봉사를 하고 있다. 좋은 책을 선정하기 위해서 이런 저런 책을 보는 시간을 제외하고도 1주일에 평균 7~8시간 정도는 독서모임 준비와 독려에 시간을 할애하고 있다. 그 시간에 내 업무에 집중하면 더 많은 매출을 올릴 수 있고, 책을 본다면 현재 1년에 100권 가량 보는데 그보다 많은 150권은 충분히 읽을 것이다. 그러나 기본적인 독서량(1년에 50~60권)을 넘어서면 책의 권수는 그리 중요한 문제가 아니다.

책을 읽고 어떻게 실천해서 내 삶을 바꿔나가느냐 하는 것이 더 중요하다. 혼자서 200~300권을 읽어도 그 사람이 독서를 하기 전과 후가 별 차이가 없다면 그러한 독서가 무슨 의미가 있겠는가? 독서의 양을 자랑하는 것은 큰 의미는 없다.

독서모임을 위해서 봉사하는 시간들은 나에게는 소중한 시간들이다. 모임은 내가 준비하고 신경 쓰는 만큼 성장한다. 내가 많이 신경쓴다고 그에 비례해서 성장하지는 않지만 내가 신경 쓰지 않으면 그 모임은 쪼그라들고 만다.

독서모임을 운영하면서 그런 경험을 많이 했기 때문에 매번 모임 때마다 신경이 쓰인다. 특히 사람들이 적게 나온 날에는 오늘 왜 사람들이 적게 나왔는지 나름대로 분석해보고 멤버들에게 물어본다.

"오늘 책 내용이 어땠어요?"

"홍보가 부족하지는 않았나요?"

"어떤 식으로 운영하는 게 좋을까요?"

끊임없이 질문을 계속하다 보면 답이 나온다. 그리하여 지금에 이르렀다. 모임을 키워나가는 것은 보람도 있고 나름 재미도 느낀다. 독서지향을 성장시키고 많은 사람들을 참여시키려고 노력하는 과정은 보람 있고 즐거운 일이다.

하루 1시간 정도의 시간을 내가 다른 사람들을 위해서 봉사하고 나누는 시간이라고 생각한다. 내가 의미 없이 낭비하는 시간을 1시간만 줄이면 충분한 시간을 확보할 수 있다. 나에게 필요한 시간은 만들어내는 것이라고 생각한다.

리더는 모범을 보여야 한다. 독서모임의 리더 본인이 직업적인 성공을 거두지 못하고 있다는 소리를 듣고 싶지는 않았다. 내 사업에서는 철저하고 빈틈없이 하려고 애를 썼다. 업무시간에는 철저하게 업무에 집중하려고 애를 썼다. 단, 독서지향을 홍보하고 준비하기 위해 업무시간 중 일부를 할애할 수밖에 없다.

독서모임 홍보는 SNS를 통해서 이루어지기 때문에 바로 답을 줘야한다. 또한 기본적인 문서작업은 업무시간에 하는 경우가 생길 수밖에 없다. 기본 원칙으로 정한 것 중 하나는 "업무시간에는 책을 보지 않는다"는 것이다. 부득이하게 독서모임 관련 시간에 할애하더라도 업무시간에는 독서를 하지 않았다. 그 시간에 고객에게 시간을 쏟거나 업무를 위한 일을 하려고 애를 쓴다.

리더라는 책임감을 가지고 업무나, 가정이나 모든 면에서 모범이 되도록 노력했다. 사람이 뛰어나서 리더라는 자리에 올라간 것이 아니라, 리더라는 자리가 사람을 그 자리에 적합하게 만드는 측면이 많다. 나 또한 남 앞에 나서기를 어려워했던 내성적인 사람이었다. 10여 년 전 우연히 강의를 할 기회가 왔을 때 피하지 않고 강의를 해보았던 경험이 나를 점차로 외향적인 사람으로 바꾸어 놓았다. 독서모임을 하면서 더욱 외향적이 되고 남 앞에서 편안하게 말할 수 있게 되었다.

리더라는 자리가 사람을 리더답게 만드는 것 같다. 리더가 될 수 있는 기회가 되면 피하지 말라고 하고 싶다. 당장은 내 자리가 아닌

"내가 생각하는 사람만큼 될 수 있다"
"모든 것은 내 마음에 달려있다."는 말을 실천하려면
리더가 되어보라고 하고 싶다. 똑같은 시간을 위해 노력해도
리더는 더 많이 성장한다. 책임감 때문에
더 집중하고 노력하게 된다.

것 같고, 나에게 익숙하지 않기 때문에 불편한 자리이지만 익숙해지면 나에게 맞는 자리가 된다.

어릴 때부터 숫기가 없어서 남 앞에 나서지 못하는 성격이었다. 전국에 500여개의 모임을 파생시킨 대한민국 최대 독서모임인 양재나비에 나가면서 전체 발표시간에 자주 나가서 발표를 하면서 발표력이 향상되었다. 그러던 중 양재나비 회장 자리를 제안 받아서 1년간 회장 역할을 했다. 70~80명 앞에서 자신있게 발표하는 등 대중 앞에서의 경험을 통해서 나는 더욱더 성장해갔다. 점점 더 공인이 되면서 독서도 열심히 하고 삶도 열심히 살려고 노력했다.

리더의 삶은 나를 더욱더 단단하게 만든다. 내가 엇나가는 순간 조직 전체가 흔들린다. 리더가 된 초창기에 그런 책임감이 나를 짓누르는 시기가 있다. 그러한 시기를 잘 극복해나가면 더욱 성장한다.

"내가 생각하는 사람만큼 될 수 있다." "모든 것은 내 마음에 달려 있다."는 말을 실천하려면 리더가 되어보라고 하고 싶다. 똑같은 시간을 위해 노력해도 리더는 더 많이 성장한다. 책임감 때문에 더 집중하고 노력하게 된다.

리더의 자리가 되어야 하는 상황이 되었을 때 절대 회피하지 마라. 두려워하지 말고 이겨내면 더 큰 열매가 기다리고 있다는 걸 명심해라. 나는 "독서모임을 통해서 많은 변화가 왔다"고 하면서 나에게 감사해하는 사람들이 많다. 나는 그분들에게 더 감사함을 느끼고 있다. 그분들을 통해서 내가 보람을 느끼기 때문이다.

독서모임의 리더와 멤버는 상호 원원하는 관계이다. 독서모임 멤버가 없다면 리더도 있을 수 없다. 리더에게는 멤버가 소중하고 고마운 존재인 것이다. 멤버들에게 조금이라도 도움이 되는 것을 나누어주려는 노력을 통해서 리더는 많은 것을 배우고 성장한다. 지방의 네오비 독서지향이 생기면 어디든 달려가서 잘 시작해서 올바른 방향의 모임이 될 수 있도록 도와드린다. 문제는 선뜻 리더를 하겠다고 나서는 사람이 많지 않다는 것이다.

네오비 독서지향 지방모임에도 많은 리더들이 자원해 역할을 하고 있다. 네오비 독서지향은 표준화된 독서모임의 틀이 갖추어져 있고, 기본도서 목록도 제공해주고 있다. 리더가 되겠다는 사람만 있으면 바로 시작할 수 있는 것이다. 두려움을 극복하고 자신 있게 도전해보면 본인을 위해서 큰 기회가 될 것이다. 가보지 않은 일을 가본다는 것은 두렵고 쉽지 않은 일이다. 인류의 역사는 두려움을 떨치고 도전해온 사람들의 도움으로 발전해가고 있다. 모임의 리더가 되면 리더 본인이 더욱 성장하다. 두려워하지 말고 기회가 왔다고 생각하고 그 기회를 잡아야 한다.

리더가 되어 다른 사람의 성장을 돕는 일은 보람 있고 행복한 일이다. 다른 사람들의 행복해 하는 모습에서 대리 만족을 느낀다. 남을 성장시킨 경험은 본인에게도 큰 자양분이 되어 더 큰 사람이 된다. 인간의 한계는 무한대다. 스스로가 한계를 규정짓고 있을 뿐이다. 내 머릿속의 한계를 뛰어넘어서 과감하게 도전하는 사람들에게는 무한한 기회와 열매가 주어진다. 독서모임의 리더처럼 보람 있는 일도 없다. 독서모임의 리더는 멤버들을 변화시키고 리더인 자신을 변화시키고 세상을 변화시킬 것이다.

4

독서모임
운영하기

독서모임
리더로서

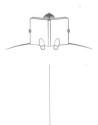

네오비 중개실무교육을 가면 항상 독서지향을 홍보한다. 특히 지방에서는 더욱 열심히 홍보를 한다. 서울을 제외하고 지방에는 충청, 경상, 광주, 대구 네 곳이 있다. 지방의 독서지향에는 모두 리더가 있다. 리더를 중심으로 독서모임을 진행할 장소, 시간, 방법과 가장 중요한 도서 리스트를 결정한다.

리더는 회원들의 참석을 독려하고 관리한다. 독서모임의 시작과 유지는 리더들의 헌신이 없으면 불가능하다. 친한 사람들 몇 명이 독서모임을 한다면 서로 합의해서 편하게 진행하면 된다. 하지만, 인원이 많아지고 신규 회원들이 지속적으로 들어오는 상황에서는 이런 민주적인 운영이 불가능하다. 여러 사람의 의견을 모두 만족시켜줄 수가 없다. 리더가 결단력 있게 해야 한다. 일단 회원들의 의견을 듣고 취합을 하지만 최종 결정은 리더가 정한다. 다수결이 항상 옳은 것은 아니다.

독서모임에 대한 철학과 비전을 가지고 있는 리더만이 조직의 미래를 보면서 결정해야 한다. 특히 도서 리스트는 양보할 수 없는 문제이다. 독서모임의 방향이 도서 리스트로 결정된다고 보면 된다. 어떤 책을 보고 토론하느냐에 따라서 회원들의 사고의 방향이 정해지게 되어 있다. 어떤 모임이든 마찬가지겠지만 독서모임의 리더는 책임이 막중하다. 독서모임이 아무리 좋다고 홍보를 해도 적합한 리더가 없으면 독서모임이 시작될 수 없다.

네오비 중개실무교육은 전국적으로 서울과 지방을 순회하면서 교육을 하고 있다. 각 지역마다 독서모임을 만들고자 하는 욕구는 있는데 누군가가 선뜻 리더를 자처하는 사람이 없어서 못한다. 책을 좋아한다고 독서모임을 쉽게 시작하기 어렵다. 본인이 좋아하는 책을 읽는 것과 독서모임을 위해서 다수를 만족시켜주는 책은 다르다.

독서모임을 선뜻 시작하기 어려운 이유는 그러한 책의 선정은 어떻게 하는지 또는 독서토론은 어떻게 하는지 알지 못하기 때문이다. 본인이 독서모임의 경험이 있는 사람들은 쉽게 시작한다. 광주의 김경란 대표, 대구의 김재동 대표는 이전에 독서모임의 경험이 있어서 쉽게 네오비 독서지향 모임의 리더를 맡으면서 시작했다.

네오비 충청 독서지향의 이명중 대표는 네오비 충청지부장을 맡으면서 그 책임감으로 독서모임을 만들기 위해서 대전에서 서울까지 와서 토요일 하루 종일 8시간짜리 독서교육을 받았다. 그리고 바로 충청 독서지향을 만들어서 리더로서 운영을 했다. 독서는 그냥 하면 되지 무슨 교육까지 받을 필요가 있냐는 사람이 있다. 우리가 어떤 일을 할 때 마구잡이로 하는 것보다는 체계적으로 하는 것이 일의 효율도 높이고 좋다. 마찬가지로 독서도 효율적으로 할 수 있는 방법을 배워서 회원들에게 알려주면 독서모임이 빨리 자리를 잡는 데 도움이 된다.

독서모임은 기존의 책을 좋아하는 사람들 외에도 책을 읽고 있지는 않지만 책을 통해서 인생의 전기를 마련해 좀 더 나은 생활을 하고 싶어 하는 사람들을 위한 것이다. 독서에 익숙하지 않은 사람들을 도와가면서 독서에 흥미가 붙고 독서가 생활화되도록 도와주는 것도 리더의 역할이다.

지방에 새로 시작하는 네오비 독서지향모임이 있으면 항상 달려가서 오리엔테이션과 처음 10회분 정도의 도서목록을 정해드린다. 처음 시작하는 도서는 책 읽는 것이 습관화되지 않은 사람들을 감안해 자기계발서 위주로 쉽게 접근해 독서의 효과가 바로 나올 수 있는 책으로 선정한다.

자기계발서에 편견을 갖고 있는 사람들도 있지만 자기계발서는 인문학을 쉽게 풀어서 일상에 적용할 수 있도록 한 실용인문학이라고 생각한다. 사람들은 당장 쓰임이 없으면 오래 기다리지 못하는 성향이 있다. 일상에서 독서가 생활화되어 독서의 효용을 알고 있는 사람들은 자기계발서 외에 다양한 책을 보게 된다.

책을 혼자 읽으면 실천력이 결여되는 문제가 있다. 책을 많이 읽는다고 저절로 내 삶이 바뀌지는 않는다. 내 삶이 바뀌려면 우선 태도가 바뀌어야 한다. 그리고 습관이 바뀌어야 한다. 그 습관이 지속되면 내 것이 된다. 책을 읽으면 삶을 대하는 태도가 바뀐다. 그리고 습관이 바뀌어야 하는데 혼자 하는 독서에서는 누군가 지켜보는 사람도 없고 함께 이야기 할 사람도 없기 때문에 습관이 지속되지 못하는 경향이 있다.

독서모임을 통해서 서로 격려하고 함께 습관으로 만들면서 함께 성장하는 것이다. 보통 오래된 독서모임에서 인문학 위주로 진행하는 모임은 잘못하면 지식을 과시하기 위한 모임으로 변질되는 경우가 있다. 어려운 내용을 이야기하다보니 책을 통해서 실천방안을 찾고 경험을 공유하기 보다는 그들만의 리그로 전락하는 경우가 있다.

그것보다는 가끔은 자기계발서도 포함해 본인의 실천력을 검증해 볼 필요가 있다. 자기계발서를 폄하하지 말고 좋은 것은 취사선택해야할 것이다.

독서모임의 리더는 모임 안에서 모범을 보여야 한다. 누구보다도 좋은 책, 새로운 책을 많이 알아야 한다. 삶에서도 모범이 되어야 한다. 책을 읽은 사람이 책을 읽지 않은 사람과 똑같다면 책을 읽는다는 것이 무슨 의미가 있나 하고 생각한다. 책을 통해서 안 것은 실천을 통해서 내 것이 된다. 실천을 하지 못하는 것은 제대로 안 것이 아니기 때문이다. 리더는 행동거지에 조심할 수밖에 없다. 부담도 있지만 그러한 자기단련의 과정에서 많이 성장을 한다. 리더는 모임의 멤버들을 성장시키면서 보람도 느끼지만 사실 리더 본인이 가장 많이 성장하게 된다.

에빙하우스의 망각곡선에 의하면 책을 읽은 것은 1개월 후에 20% 정도밖에 안 남지만, 남을 가르친 것은 95%가 남는다고 한다. 남을 가르치기 위해서는 그저 독서만 하는 것보다는 많은 노력을 기울여야 한다. 그러한 수고의 대가만큼 오래 기억에 남는 것이다.

마찬가지로 독서모임의 팀원으로만 참여해도 많은 성장을 할 수 있지만, 독서모임의 리더는 독서모임에 신경 쓰고 수고하는 만큼 본인이 성장하게 된다. 책을 보아도 예사롭지 않게 보게 된다. 어떻게든 좋은 책에 대한 정보를 수집하려고 애를 쓴다. 좋은 책을 추천 받으면 가능하면 구해다가 본다. 절판된 책이라면 온라인 중고서점을 뒤져서라도 찾는다. 이렇게 책을 구해서 보는 과정에서 성장을 한다.

또한 모임을 운영하면서 조직의 운영에 대해 고민을 하고, 시행착오를 겪으면서 조직의 리더로서 성장하게 된다. 과거의 나라면 상상할 수 없을 만큼 적극적으로 대중 앞에서는 것을 두려워하지 않게 되었다. 이 모든 것이 독서모임의 리더로서 나눔을 실천한 덕분이라고 생각한다.

나만 성장하려고 마음먹는 것보다는 내가 봉사해 남을 성장시켜 주겠다는 나눔의 정신을 가지고 행동하면 더욱 크게 성장할 수 있다. 나 혼자 성장하려고 하면 주위에서 도와주지 않는다. 남을 도와서 함께 성장하려고 하면 많은 사람들이 좋은 호의를 가지고 대한다. 봉사와 희생은 더 큰 열매로 돌아온다.

처음 독서모임의 리더가 되었을 때는 내가 잘할 수 있을까 하는 두려움도 있었다. 실제로 많은 시행착오를 겪기도 했다. 그러한 실패들이 나를 더욱 단련시키고 성장하게 했다. 하는 일마다 잘되고 거침이 없이 나아갔다면 다른 사람들을 이해하는 폭이 좁아졌을 것이다. 시련은 사람들을 성장하게 만든다. 리더로 나서면 더 많은 시련을 겪는다. 리더가 아니고 뒤에서만 있는 사람들은 시련을 겪을 기회가 더 적다. 무언가 성과를 내기위해서 리더로 앞장서면 어려움을 많이 겪을 수 있지만 나의 성장에는 커다란 자양분이 된다.

처음에 책을 읽기 시작했을 때에는 책의 저자들의 생각이 나의 사고를 지배한다. 또 다른 책을 보면 그 책의 저자의 생각이 나를 지배한다. 독서의 양이 많아지면서 어느 순간에는 내가 저자와 대등한 관계를 형성하면서 대화를 주고받는 느낌이다. 나와 책의 저자가 끊임없이 대화를 주고받는다. 나와 주파수가 맞아서 저자와 대화를 주고받는 책을 만나면 빨리 보기보다는 천천히 보고 싶다. 책의 저자와 대화가 끝나는 것이 싫기 때문이다. 나에게 생각의 씨앗을 주지 못하고 정보의 파편만 주는 책을 만나면 빨리 읽어치우게 된다. 독서를 통해서 내가 얻는 것은 지식이나 정보보다는 내 자신의 주체적인 사고이다. 내가 주관을 가지고 나의 생각을 가지고 있다면 세상을 살아가면서 두렵지 않을 것이라고 생각한다.

내가 리더이면 더욱 뚜렷한 주관을 갖고 조직을 이끌어야 한다. 리더가 흔들리면 조직이 흔들린다. 그래서 역사상 많은 리더들은 항상 책을 가까이했다. 나폴레옹은 전쟁터에서 책을 수레에 담아서 가지고 다니면서 봤다고 한다. 미국의 역대 대통령들은 1년에 100권이상의 책을 읽는 독서광들이 많다. 미국 대통령 만큼 세상에서 바쁜 사람도 드물 것이다. 이들이 독서를 하는 것은 새로운 지식을 얻기 위한 것이 아니다. 새로운 지식이라면 주변의 참모나 대학교수 등 자문단들에게 물어보면 될 것이다. 리더들의 독서의 목적은 새로운 영감을 얻어서 조직을 통치하는데 자신의 주관을 가지고 사고하고 행동하기 위해서인 것이다.

내가 현재 리더가 아니라면 리더를 도와서 조직을 성장시키면서 본인이 리더의 꿈을 키워야 한다. 기회가 되면 리더가 되어 본인이 배운 것을 나누어 주도록 해야 한다. 혼자 성장하려고 하는 것은 이기적인 것으로 결코 환영받지 못한다. 내가 독서모임의 리더가 되어 세상에 선한 영향력을 널리 퍼뜨리려고 하려고 하면 세상은 더욱 살기 좋은 곳이 될 것이다. 나 혼자 잘되려고 하는 이기적인 사회보다는 공동의 선을 추구하는 이타심이 일반적인 사회가 되는 것이 바람직한 것이다. 독서모임의 씨앗을 뿌려서 어느 정도 열매가 맺으면 그 열매가 터져서 새로운 씨앗이 되어 또 다른 열매를 맺고 선순환의 고리를 만들도록 해야 한다. 기획가 된다면 독시모임의 리더가 되어보자. 조직을 만들기 어렵다면 가까운 가족부터라도 시작해보자. 몇몇이라도 시작해보면서 세상의 빛과 소금이 되기 위해 노력해보자.

도서 선정은
이렇게 한다

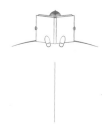

독서모임에서 가장 어렵고 중요한 일 중의 하나가 도서선정이다.
일반적으로 독서모임의 도서는 지정도서로 진행한다. 양재나비는 매
주 모임을 진행하는데 격주로 지정도서, 나머지 격주는 자유도서이
다. 독서지향은 격주로 진행한다. 매주 진행하면 1년에 50권을 읽어
야 하기 때문에 일반적인 직장인이 소화하기에는 만만치 않은 양이
다. 격주로 진행하면 25권 정도라 부담이 없다. 중간중간에 본인이
읽고 싶은 책도 읽을 수 있는 여유도 생긴다.

지정도서가 어떤 책이냐에 따라서 참석자의 수가 좌우된다. 쉽고
얇아서 술술 읽히는 책이 선정될 때는 참석자 수가 증가한다. 두껍
고 잘 읽히지 않는 책은 참석자가 줄어드는 것을 느낄 수 있다. 도서
선정이 어려운 이유는 기존회원과 신규회원의 독서력의 차이가 있
기 때문이다.

기존회원은 독서의 습관이 붙어서 어려운 책도 술술 읽어나갈 수 있는 반면에 신규회원은 기본적인 독서의 습관부터 배워 나가야하는 걸음마 단계이다. 이렇게 서로 다른 차이를 감안해 도서선정이 이루어져야 한다.

도서선정을 회원들의 투표로 결정하는 경우가 있다. 모든 사람들의 의사를 반영한 민주적이고 합리적인 방법같이 느껴지기도 한다. 이렇게 다수가 참여해 결정하는 경우의 문제는 도서선정의 일관성이 없고 독서모임의 방향성이 없다는 것이다. 어떤 면에서 보면 리더가 무능하거나 무책임하다고 생각한다.

모든 모임은 미션과 비전이 있다. 이러한 미션과 비전을 바탕으로 도서가 선정되어야 한다. 그런데 신규회원이 모임의 비전과 미션을 제대로 파악해서 도서추천을 할 수 있는지 의문이다. 모임에서 핵심으로 오래 활동한 사람들만이 모임의 비전과 미션을 제대로 알 수 있다. 도서선정은 중구난방 식으로 되어서는 안 된다. 모임의 성패를 가름할 수 있는 가장 중요한 일이다.

도서선정은 모임의 리더가 정해야 한다. 리더가 정하지 않고 인기투표 식으로 도서목록을 정해서는 안 된다. 모임의 방향을 잡고 모임의 존속과 성장에 책임을 지고 있는 리더가 도서목록을 정해야 한다. 도서목록을 정하는 과정에서 모임회원들의 의견을 참고할 수는 있다. 그렇게 취합된 도서목록을 가지고 리더가 다시 취사선택해서 정해야 한다. 리더는 고독한 자리이다. 리더가 흔들리면 멤버들도 흔들린다. 일단 방향을 정하면 흔들리지 말고 가야 한다.

처음 네오비 독서지향을 할 때 참고했던 도서는 양재나비가 10년 동안 선정했던 도서들 중에서 선택했다. 양재나비는 10년의 세월동안 책을 선정해서 독서모임을 진행해온 노하우가 있다. 네오비 독서지향과의 차이는 구성원이 조금 다르다는 것뿐이다. 양재나비는 대학생, 회사원, 공무원, 자영업자 등 다양한 직업군과 연령대의 사람들이 독서모임에 참여하고 있다.

네오비 독서지향은 공인중개사만 있고(가입자격 조건임), 연령대는 20~30대도 극히 일부가 있지만 40~50대가 주요 연령대이다. 네오비 독서지향은 양재나비에 비해서 평균 연령대가 10살~15살 정도는 많은 것 같다. 이렇게 구성이 다르지만 선정되는 도서는 큰 차이가 없다.

네오비 독서지향이 자리를 잡는 초창기인 약 2년 동안은 70~80%가 양재나비가 이전에 선정했던 도서위주로 했다. 그중에서 특히 자기계발서, 경영경제, 영업관련 서적을 많이 차용했다. 그 외에 공인중개사들이 관심을 가질 만한 부동산관련 서적을 선정해서 진행했다.

어느 정도 독서모임이 자리를 잡고 고정적인 참여 멤버들이 하나둘 늘어나기 시작하면서 지정도서의 난이도를 조금씩 높여가는 전략을 짰다. 약 2년 정도의 시간이 지난 후에는 양재나비 도서를 참고하면서도 나름대로의 도서를 선정해서 진행하고 있다. 계속 난이도가 높은 도서만 진행하지 않고 중간중간에 쉬운 책도 넣어서 독서모임에 참여한 지 얼마 안 되는 사람들을 배려했다.

중간에 참여하는 사람들은 독서의 습관이 미처 생기기도 전에 난이도 있는 책을 보는 것을 권하지는 않는다. 처음부터 꾸준히 참여한 사람들보다는 불리한 조건일 수도 있지만, 본인의 의지만 있다면 난이도가 있는 책을 읽어가려고 노력하면서 먼저 시작한 사람들을 금세 따라잡을 수 있다. 혼자 독서를 한다면 좀 더 시간이 걸릴 수 있는 것을 함께 독서토론하면서 먼저 시작한 사람들의 노하우를 습득할 수 있는 것이다.

독서의 목적은 다양한 생각을 습득하면서 나만의 생각을 만들어 가는 것이다. 독서의 목적에 맞게 책의 선정은 한쪽에 편협되지 않아야 한다. 내가 읽기 편하고 익숙한 책만 보면 사고의 발전이 없다. 끼리끼리의 생각과 사고만 맴돌기 때문이다. 타인과 세상에 대한 폭넓은 이해를 통해서 사고가 유연해지면서 내가 성장하는 것이다.

도서의 선정 시 중간중간에 불편한 책을 넣어야 한다. 사람들이 적게 나올 것을 두려워하지 말아야 한다. 익숙하고 편한 것이 좋아서 어려운 책을 진행할 때 안 나오는 사람들도 있지만 꾸준한 독서를 통해서 어려운 책도 읽어나가는 사람이 생긴다. 그 과정에서 껍질을 벗고 한 단계씩 성장하게 된다.

도서선정은 한 번에 끝낼 수 있는 정도의 분량의 책을 수로 선정한다. 두께가 두껍거나 내용이 어려워서 여러 번 나누어서 진행해야 하는 책은 선정하지 않는다. 폐쇄된 형태로 진행하는 독서모임에서는 이런 종류의 책을 선정해서 진행하기도 한다. 참여하는 사람의 수준이 비슷하고 이미 독서가 체질화되어 있는 독서의 고수 단계에 들어선 사람들만의 모임에서는 가능하다.

독서지향처럼 언제든지 신입회원을 받아들이는 오픈모임에서는 적합하지 않다. 사람들이 지쳐서 떨어져 나가기 때문이다. 철학사의 일가를 이룬 깊이 있는 철학서는 선정하지 않지만 대학 강단에서는 분이나 매스컴에 자주 나오는 대중적인 철학자의 책은 선정해서 진행한다.

소설류는 거의 진행하지 않는다. 소설은 토론으로 진행하기에는 적합한 책이 안 되는 것 같다. 소설은 처음부터 끝까지 전체의 내용을 다 읽어야 하는 장르이다. 소설 내용의 흐름을 따라가면서 저자의 생각이 독자의 생각에 내재화하는 과정이다. 이때 독자의 호흡이 멈추지 않고 나아간다. 나중에 토론을 하면 감상문을 발표하는 식이 돼버리고 만다.

독서지향이 지향하는 토론은 책의 내용을 중심으로 깨달은 것과 적용할 것을 멤버들과 함께 나누는 과정이다. 구체적으로 책의 몇 페이지 어느 구절을 보면서 이야기하는 식이다. 이것을 본깨적 토론이라고 한다. 본깨적 읽기를 한 사람이 본깨적 토론을 할 수 있는 것이다. 본깨적 읽기는 책을 처음부터 끝까지 읽으라고 하지 않는다. 중간중간 필요한 부분만 발췌해서 읽을 수도 있다. 중요한 것은 그 책을 통해서 내가 삶에 적용할 것을 찾아서 성장하는 것이다.

도서의 선정은 최소 3~6개월 분량을 한꺼번에 정해서 독서모임의 일관된 방향성을 정하는 것이 좋다. 1년 치를 한꺼번에 정해서 발표하는 것은 바람직하지 않다. 새로운 책은 계속 쏟아져 나오는데 너무 오래된 책만 보게 되는 문제가 있고 올해 나온 좋은 책은 내년에만 봐야 하는 문제가 생긴다.

보통 책에 익숙하지 않은 독서 초보자에게 독서는 삶의 우선순위에서 뒤로 가 있는 경우가 많다. 독서모임에 임박해서 책을 사서 제대로 읽고 오지 못하는 경우를 많이 보았다. 책을 한꺼번에 미리 구입하라고 권해주어야 한다. 일단 책이 쌓여 있으면 제목이 눈에 들어오면서 책이 익숙해지면서 왠지 모르게 잘 아는 책인 것 같은 생각이 든다. 그 책들을 보면서 언젠가는 읽어야지 하는 생각을 갖는다. 그러면서 자연스럽게 독서를 생활화하게 된다.

도서의 선정은 독서모임의 목적에 맞게 선정해야 한다. 독서모임의 목적은 지적 만족을 얻는 것이 아니라 책을 통해서 내 삶이 변하고 주변을 변화시키고 세상을 변화시키는 실천적이고 행동적인 것이다. 지행합일이라는 말이 있다. 지식과 행동이 일치해야 한다는 것이다. 내가 알고 있는 것을 실천하지 않으면 알고 있는 것이 아니라고 한다. 내가 모르기 때문에 실천을 못하고 있는 것이다. 머리로만 이해하지 않고 행동으로 실천할 수 있어야 한다.

오픈된 형태의 독서모임에서 신규회원에 대한 배려를 위해서 쉽게 접할 수 있는 책도 포함해야 한다. 기존회원들도 잊고 있던 것을 되살려 준다. 난이도가 있는 책을 통해서 신규회원들은 기존회원들의 경지에 도달할 수 있도록 동기부여를 해준다. 서로 돕는 사랑의 정신이 독서모임의 목적이다. 나 혼자만 잘 먹고 잘사는 것이 아닌 공동체 정신으로 주변에 책을 멀리하는 사람들이 함께할 수 있도록 분위기 형성을 해주어야 한다.

도서의 선정은 독서모임에서 가장 중요하고, 모임의 성격을 규정짓고, 모임의 성패를 좌우하는 것이다. 신중에 신중을 기해 심사숙고해서 결정해야 한다. 도서의 선정은 절대적으로 리더의 몫이라는 것을 잊지 말아야 한다. 다만, 도서선정 과정에서 멤버들, 특히 오래된 멤버들이 소외되지 않도록 책을 추천받아서 고민해보는 시간을 가져야 한다.

타임 테이블은
필수다

조별 토론을 할 때 조별 토론 요령이 적힌 A5크기 종이를 코팅한 것을 준비한다. 각 조의 조장에게 조별 토론 요령지를 나누어준다. 조별 토론 요령지에는 각 단계별로 시간이 적혀 있다. 조별 토론은 돌아가면서 발표를 한다. 우선 가장 먼저 하는 것은 자기소개와 '한 주간의 감사한 일'을 이야기한다. 이때 제한시간은 1분 이내이다. 조의 인원이 5~6명 내외이므로 1분씩 하면 5~6분이 걸리는 것이다.

독서모임은 독서토론을 하기 위해서 온 것이지 잡담을 하려고 온 것은 아니다. 한 사람에게 주어진 제한시간 1분을 넘겨서 3~4분씩 하면 20분 정도가 훌쩍 지나가 버릴 수 있다.

조장은 제한시간을 넘겨서 발표를 하는 사람은 제시해서 다음 사람이 발표할 수 있도록 해야 한다. 1분씩 주어진 자기소개와 한 주간의 감사한 일 발표가 끝나면 개인별 본깨적 발표를 한다. 개인별 본깨적 발표시간은 5분 내외로 제한된다. 한 사람이 5분을 넘어서 10분을 발표하게 되면 1시간이 훌쩍 지나가버린다. 조별 토론시간 1시간 이내에 모두 발표를 못하고 그냥 가는 사람이 생길 수 있다. 반드시 개인별 본깨적 발표시간은 5~6분 이내로 마칠 수 있도록 조장이 제한해야 한다.

간혹 조장이 본깨적 발표를 먼저 하는 경우가 있는데 바람직하지 않다. 다른 조원들이 전부 본깨적 발표를 마친 후에 조장은 가장 나중에 발표를 하는 것이 좋다. 조장이 먼저 발표하면서 시간을 많이 소비해서 조원들이 발표를 미처 못하는 경우도 있었다. 조장이 본인의 발표를 위해서라도 5분의 시간을 엄수할 수 있도록 조원들을 독려할 수 있다. 발표시간을 관리하는 것이 너무 형식적이고 야박하게 보일 수도 있지만 모두에게 공평하게 기회가 가야 하기 때문에 시간 엄수는 필수다.

독서지향 전체 진행순서는 시간이 함께 표기되어 있다. 몇 시에 시작하고 몇 시에 끝나는 전체시간 외에도 각 단계별로 시간표가 있다. 각 단계에서도 특히 조별 토론과 전체토론은 시간조절을 잘해야 한다. 조별 토론은 5분 이내에 자기소개와 한 주간의 감사한 일을 발표하게 타임 테이블에 기록되어 있다. 개인별 본깨적 발표시간도 몇 시까지 진행하는지 적혀 있다.

여러 개의 조가 비슷한 시간에 일사불란하게 토론이 진행되도록 한다. 인원이 많지 않고 한 조의 인원을 4명 이내로 제한할 수 있다면

독서모임이 자리를 잡는다는 것은 나오는 사람의 숫자가 아니고
고정멤버가 반복적으로 나오는 것을 말한다.
이 정도 단계가 되면 독서모임은 자리를 잡게 되고
멤버들이 신입회원을 데리고 오면서 모임이 비약적으로 발전하게 된다.

개인별 시간을 특별히 제한하지 않아도 된다. 1시간의 조별 토론 시간에 4명 이하면 1인당 25분 이상이기 때문에 충분한 시간이 된다. 하지만, 대부분 장소의 제약으로 인해 한 조의 인원이 6명 이상이 되면 부득이하게 발표시간을 제한할 수밖에 없다.

사람들은 남의 말을 들어주기보다는 내가 남에게 이야기하려고 한다. 더군다나 책을 읽어와서 발표를 하고 싶은데 시간관리를 못해서 본인이 발표를 못하게 된다면 다음 모임에 나오고 싶지 않을지도 모른다. 앉아서 하는 발표의 경우이지 나와서 발표하는 것은 별개의 문제이다. 나와서 발표하는 것을 부담스러워하는 사람들이 많다.

전체발표를 할 때도 발표시간을 5분 내외로 제한해야 한다. 본인이 조별 발표 5분 동안에 했던 것을 다시 이야기해서 나누는 시간이 되는 것이다. 새롭게 이야기에 살을 붙이면 이야기가 엉뚱한 곳으로 가는 경우가 있다. 반드시 책과 관련된 내용으로 핵심만 이야기해야 한다. 20분 정도 주어진 전체발표 시간에 4~5개의 조만 발표한다.

발표시간 조절을 잘못하면 2~3개 조밖에 발표를 못하게 되는 경우도 있다. 가끔은 발표 내용이 좋아서 5분이 지나도 끊지 않고 놔두는 경우도 있다. 독서토론의 목적이 깨달음과 성장이라면 너무 기계적으로 시간제한을 하는 것도 좋지 않다. 시간을 조절하고 제한하는 것은 상대방을 배려하고 함께 성장하기 위한 방법이라고 생각하면 좋겠다.

타임 테이블은 독서모임을 진행하는 당일만 있는 것이 아니다. 몇 개월 정도의 시간계획이 있어야 한다. 독서지향은 격주마다 주말에 진행하는 것을 원칙으로 한다. 중간에 명절이나 연휴가 있을 경우 피해서 날짜를 잡는다. 참석률이 많이 떨어질 것이 예상되는데 굳이 독서모임을 진행할 이유가 없다. 독서를 하는 사람이라고 해서 책만 보는 것은 아니다. 책을 통해서 삶을 개선하고 좀 더 나아지고 현명해지기 위함이다. "독서는 앉아서 하는 여행이고 여행은 걸어다니는 독서"라고 한다. 시간이 날 때는 밖으로 나가서 산책하고 여행하는 시간을 가져야 한다. 단지 무의미하게 버려지는 시간을 아껴서 책을 읽으라는 것이지 아무 일도 하지 말고 책만 보라는 것은 아니다.

독서모임 초장기에는 멤버들의 수준을 알 수 없고 이 분들이 어느 정도 독서를 할지 걱정도 되어서 그때그때 상황에 맞춰서 책을 선정하고 다음번 책만 공지를 했다. 그렇게 몇 달이 지나자 회원들이 향후 몇 회분을 한꺼번에 알려달라고 했다. 미리 책을 사서 보겠다는 것이다. 이렇게 회원들의 욕구가 나올 때 리더가 준비한 목록을 발표하면 된다. 섣불리 미리 발표했다가 나중에 바꾸면 공신력만 떨어진다. 리더는 몇 개월치 타임 테이블을 가지고 있어야 한다. 적어도 일정에 대한 것은 6개월 정도 미리 발표를 하고 책의 선정은 내부적으로만 하고 있다가, 조금씩 풀어서 발표하는 깃이 좋나. 초기에는 멤버들의 수준에 맞추어서 책을 교체해도 좋다. 30~50회 이상 진행해 어느 정도 독서모임의 고정멤버가 늘어나면서 자리를 잡게 되면 6개월치 도서목록을 한꺼번에 발표를 해도 된다.

독서모임이 자리를 잡는다는 것은 나오는 사람의 숫자가 아니고 고정멤버가 반복적으로 나오는 것을 말한다. 이 정도 단계가 되면 독서모임은 자리를 잡게 되고 멤버들이 신입회원을 데리고 오면서 모임이 비약적으로 발전하게 된다.

수다와 토론을
명확하게 구분 짓는 방법

독서토론을 하자고 하면 선뜻 응하는 사람들은 드물다. 우선 책을 읽는 것에 부담을 느끼기도 하고, 독서토론에 대한 안 좋은 선입견을 가지고 있는 사람들도 많다. 제대로 된 독서토론의 경험이 없기 때문이다. 학생시절에 책을 읽고 독후감은 써봤는데 독서토론은 해본 적이 별로 없다.

'토론'하면 생각나는 것이 TV에서 정치인들이 나와서 편을 갈라서 서로 다른 입장에서 자기주장을 펴는 것을 본 기억이 나는 것 같다. 정치인들의 '정치토론'은 양보가 없고 서로 자기주장만 하다가 끝난다. 정치토론과 독서토론은 다르다. 정치토론은 자기의 주장을 펼쳐서 승자를 가르기 위해서 하는 것처럼 보인다.

반면에 '독서토론'은 승자와 페지를 가르지 않는다. 독서토론에 참여하는 사람은 모두가 승자이다. 독서토론은 서로가 서로에게 가르침을 주고 배움을 얻는 것을 목적으로 한다.

독서토론을 수다와 구별을 못하는 사람도 있다. 수다는 일정한 형식이 없고 기가 센 사람이 주도한다. 한마디로 목소리가 큰 사람이 주도하게 된다. 상대방을 잘 배려하는(?) 목소리가 작은 사람들은 남의 말을 듣기만 하게 된다. 독서토론은 일정한 형식을 가지고 있다.

책을 읽고 온 사람은 누구나 공평하게 토론에 참여하고 말을 한다. 독서토론은 책을 중심으로 이야기 한다. 책을 통해서 본인이 책에서 본 것과 느낀 점을 함께 나누고 실천할 사항을 찾아서 행동으로 옮기는 것이 독서토론의 목적이다.

토론할 때는 규칙에 따라야 한다. 리더는 규칙이 잘 적용되도록 멤버들을 컨트롤 해야 한다. 모든 일에 연습이 필요하듯이 독서토론에도 연습이 필요하다. 잘 되는 독서모임은 매뉴얼이 있다. 매뉴얼대로 독서토론을 진행한다. 참여하는 멤버들이 골고루 발언할 수 있도록 배려한다. 독서토론에서 만족하고 돌아간 회원은 다음번 독서토론에 참여할 확률이 높아진다.

네오비 독서지향은 대부분이 함께 네오비 중개실무교육을 받았고 공인중개사라는 공통점이 있어서 금방 친숙해진다. 부천 독서지향은 각자 하는 일도 다르고 해서 책의 내용에 집중하는 경우가 더 많다. 네오비 독서지향처럼 친숙한 사람들끼리의 독서토론은 농담이나 옆길로 새는 경우가 많으니 주의해야 한다.

부천 독서지향은 상대적으로 그런 걱정은 안 해도 된다. 간단히 자기소개하고 바로 토론에 들어가게 된다. 자기소개에서 1분 이내 개인별 발표 시간을 지켜서 본격적인 조별 토론에 들어가면 개인별 본깨적 발표시간에는 조장의 리더 하에 큰 무리 없이 잘 진행된다. 조별 토론에서 개인별 본깨적 발표시간이 끝나고 그 다음으로 진행되는 상호토론에서 조장의 역할이 중요해진다. 상호토론에서는 기가 센 사람들이 발표를 주도하게 된다. 말을 무조건 막으면 안 되겠지만 발표시간이 길어지거나 책의 내용과 상관없이 옆길로 새서 엉뚱한 이야기를 하는 경우에는 책에 집중할 수 있도록 유도하는 것이 조장의 역할이다.

세상사가 모두 우리의 관심사이기는 하지만 책과 관련이 없는 이야기는 자제하는 것이 독서토론에 참여하는 사람들에 대한 예의이다. 귀한 시간을 내서 독서토론에 온 사람들에게 조금이라도 도움이 되는 이야기를 하는 것이 바람직한 것이다.

조장은 적절하게 리드해서 책을 중심으로 이야기가 전개될 수 있도록 한다. 이야기가 지나치게 옆길로 새고 있다는 판단이 들면 조장은 책에서 개인발표시간에 나누지 못한 것을 이야기 하도록 한다. 구체적으로 몇 페이지라고 적시하면서 책의 내용을 읽어주면 다시 책에 집중할 수 있게 된다.

독서모임에서 온 순서대로 편하게 자리 잡은 자리에서 조를 정하지 않고 무작위로 정하는 이유도 불필요한 잡담보다는 생산적인 토론이 되게 하기 위해서이다. 조별 토론을 위해서 테이블이 나누어져 있는데, 익숙하고 반가운 얼굴이 있으면 그 조에 가서 앉게 된다. 이렇게 친한 사람들만 끼리끼리 앉으면 생산적인 토론이 아닌 수다스러운 이야기를 하게 되었을 때 조장이 적절히 제어하기 어렵게 된다. 무작위로 조를 정하면 친하지 않은 사람들과 함께 토론하면서 책에 집중할 수 있어서 더 유익한 시간이 된다. 매번 독서모임에 나올 때마다 새로운 사람들과 만나면서 다른 삶도 이해할 수 있는 것은 덤이다.

조별 토론이 끝나고 각조에서 선발된 한 사람씩 나와서 진행하는 전체토론 시간에는 책의 내용에 집중할 수 있도록 리더는 발표 전에 주의를 환기시켜준다. 성인들이기 때문에 이야기가 옆길로 샌다고 해서 발표자를 제지해서 공개적으로 망신을 줄 수는 없다.

전체발표를 통해서 독서토론에 참여한 사람들 모두가 무언가 얻어 갈 수 있는 시간이 되도록 해야 한다. 책과 상관없는 이야기로 지나치게 발표시간이 길어지면 사회자(리더)는 일어나서 발표자에게 곧 끝내라는 무언의 압박을 가한다. 대부분의 발표자는 사회자가 일어서면 곧 끝내라는 신호로 알아듣는다. 발표자의 기분이 상하지 않도록 절대 말로 제지하지 말아야 한다. 발표자가 아직 독서토론의 규칙을 잘 모르고 있거나 독서의 깊이가 깊지 않아서 본인의 과시가 좋은 것으로 잘못알고 있기 때문에 책과 무관한 이야기를 하는 것이다. 독서토론이 올바르게 진행되고 있다면 그 사람도 깨달음을 얻고 책에 집중하고 나누어줄 수 있는 사람이 된다.

수다와 토론은 명확히 구분해서 생산적인 토론이 되도록 독서토론에 참여한 조원 모두가 노력하도록 한다. 시스템적으로도 수다보다는 토론이 될 수 있도록 독서토론 진행(특히, 조별 토론) 매뉴얼을 만들어서 코팅해서 각조의 조장에게 배포한다. 각조의 조장은 토론 메뉴얼을 참고해 책을 중심으로 한 토론이 될 수 있도록 조원들을 독려한다. 토론이 옆길로 새는 것 같으면 조장은 바로 책을 펴서 개인별 본깨적을 진행해 책에 집중하도록 한다.

인원이 많아서 2개조 이상으로 조별 토론을 진행하는 독서모임 리더는 본인은 토론에 참여하지 말고 조별 토론이 잘 되고 있는지 모니터링하고 독려해야 한다.

모두가 배우고
성장한다

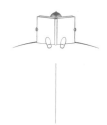

조선왕조를 세운 태조 이성계는 어느 날 무학대사에게 이렇게 말했다고 한다.

"대사, 군신관계를 떠나서 우리 농을 한번 해봅시다. 나는 대사가 돼지로 보입니다."

그러자 무학대사는 "저는 전하가 부처님으로 보입니다."라고 말했다.

태조가 묻기를 "아니, 대사, 우리가 농을 하자고 했는데 농을 받아주지 못한단 말인가요?"라고 물었다.

무학대사는 이렇게 말했다.

"전하, 돼지의 눈에는 돼지만 보이고, 부처의 눈에는 부처만 보입니다."

태조는 말문이 막힐 수밖에 없었다. 무학대사는 자신이 부처이고 태조는 돼지라고 말한 거와 마찬가지였기 때문이다.

사람은 어떤 행동을 할 때 어떤 의도를 가지고 있느냐 하는 것이 가장 중요하다. 내가 선한 의도를 가지고 있으면 선한 것만 보이고, 내가 악한 의도를 가지고 있으면 악한 것만 보인다.

독서모임도 방향성을 가져야 한다. 리더가 일정한 방향성을 가지고 리드해야 된다. 리더가 방향성을 가지고 비전을 제시하지 못하면 멤버들 중에서 목소리가 큰 사람이 리더의 역할을 대신하게 된다. 목소리가 큰 사람의 의도대로 가게 된다. 어떤 형태로든 방향성을 가지게 된다는 사실을 인정해야 된다. 리더는 독서모임의 방향성을 제시하고 이끌어야 한다.

독서모임에서 자기계발서만 읽게 되면 갖는 폐단이 있다. 말 그대로 자기를 위한 개발은 하지만 타인을 위한 봉사는 소홀히 하게 된다. 이렇게 이기적인 모임이 되면 책도 잘 안 읽어 온다. 독서모임에 같이 참여하는 멤버들에게 나누어주려는 마음보다는 얻어가려고만 하는 이기적인 마음을 가진 사람들만 남게 된다. 서로에게 도움이 되지 못하는 조직은 와해될 수밖에 없다.

실제로 세상에서 성공한 사람들을 보면 나누어주려는 마음을 가진 사람이 성공하게 되어 있다. 세상에 혼자 잘나서 성공하는 사람은 없다. 주변 사람들의 도움과 시대적인 환경이 잘 맞아 떨어져서 성공이라는 기회가 오는 것이다. 나누어주려는 마음이 없는 사람이 성공의 길로 가고 있으면 주변사람들이 도움을 안 주게 된다.

반면에 나누어주려는 마음이 많은 사람은 주변사람들이 그 사람

네오비 독서지향에는 유달리 나눔을 실천하는 대표님들이 많다.
매회 이벤트로 책을 추첨해서 주는데 책을 기부하기도 하고,
간식거리를 가져오기도 하고, 행사 때는 금전적인 지원을 한다.
독서지향에서는 봉사를 많이 강조한다.
현재도 일부 회원들이 시설의 아동들과 자매결연을 맺고
정기적으로 만남을 갖고 있다.

의 성공을 도와주려고 한다. 그 사람이 성공하면 또 나누어 준다는 것을 잘 알기 때문이다. 이기적인 마음을 가져서는 결코 성공할 수 없다. 모임의 성패도 함께 성장하고 나누어준다는 희생과 봉사의 마음을 가져야만 한다.

독서모임은 일방적인 주입식 교육이 아니다. 서로 토론하고 이야기 하면서 함께 성장하는 모임이다. 함께 성장한다는 목표가 없다면 혼자 독서하는 것이 더 효율적일 것이다. 독서모임에서 리더의 역할이 중요하다. 리더가 헌신하는 마음이 없으면 조직은 성장, 발전할 수 없다. 리더가 헌신하지 않는데 멤버들이 헌신할 리 없다. 리더의 헌신과 희생을 통해서만 조직이 성장, 발전한다. 독서모임이 단순히 책만 읽고 마는 것이 아니고 독서모임을 통해서 책에서 읽은 것을 삶에 적용해 자양분이 되도록 해야 한다. 백지장도 맞들면 낫다고 하는데 독서를 통한 실천도 마찬가지이다.

책을 통해서 배운 것을 혼자 해보는 것보다는 함께 이야기하면서 배워가는 것이 좋다. 나 혼자만의 좁은 경험보다는 다른 사람들의 다양한 경험을 통해서 더 확실하게 이해력을 높일 수 있다. 이를 위해서는 나 자신의 좋은 성과와 경험을 나누려는 마음이 독서모임의 문화가 되어야 한다. 다른 사람의 나눔에 영향을 받아서 선순환의 고리를 만들어야 한다.

네오비 독서지향에는 유달리 나눔을 실천하는 대표님들이 많다. 매회 이벤트로 책을 추첨해서 주는데 책을 기부하기도 하고, 간식거리를 가져오기도 하고, 행사 때는 금전적인 지원을 한다. 독서지향에서는 봉사를 많이 강조한다. 현재도 일부 회원들이 시설의 아동들과 자매결연을 맺고 정기적으로 만남을 갖고 있다. 나중에 아이들이 성인이 되어 사회에 나갈 때 거주할 부동산을 구할 때 도움을 주려고 한다. 직접 참여하지 않는 회원들도 금전적으로 도움을 주고 있다. 노인 무료급식소 봉사에 회비의 일부이지만 후원도 하고 있다. 봉사와 나눔의 정신이 없는 독서는 자기만을 위한 이기적인 독서가 되어 사회에 긍정적인 영향을 끼치지 못한다.

독서를 통해서 내가 하나라도 배우고 깨우치려는 의식적인 노력을 해야 한다. 독서만을 위한 독서를 해서는 안 된다. 의도되지 않은 독서로는 엉뚱한 결과가 나올 수 있다. 허구의 사업을 벌이면서 새로운 투자자의 투자금을 받아서 이전 투자자의 이윤을 주는 폰지사기는 폰지라는 사람이 처음 시작했다. 그는 올리버 트위스트의 소설을 보면서 이런 사기행각을 구상했다고 한다. 도둑놈의 눈에는 도둑놈만 보이고, 착한 사람의 눈에는 착한 사람만 보이는 법이다. 똑같이 올리버 트위스트의 소설을 보면서 어떤 사람은 삶의 깨달음을 얻고 긍정적인 인생을 사는데, 어떤 사람은 남에게 사기 치는데 소재로 활용한 것이다.

내가 선한 의도를 가지고 독서를 해야만 선한 결과가 나온다. 독서모임이 항상 올바른 방향으로 갈 수 있도록 하는 것은 리더의 역할이 크다.

독서모임을 통해서 고단한 삶을 위로받으려고만 하는 사람도 있다. 세상에서 가장 힘든 사람은 자기이며, 남들이 자신의 어려움을 알아주었으면 하는 사람도 있다. 이 사람은 독서를 통해서 어떤 긍정적인 결과를 얻어 보겠다는 목적이 희박한 것이다. 마이너스의 기운을 조금 완화시키는 것에만 만족하는 것이다. 본인이 긍정적인 에너지를 가지고 남에게 도움을 주려고 해야 되는데 위로만 받으려고 한다. 다른 사람들도 힘이 빠지게 된다. 함께 더 높은 곳을 향해 나아가야 하는데 자꾸 끌어내리려고 한다. 물론 사람들은 슬럼프를 겪고 이럴 때 위로받고 싶어한다. 따뜻한 말 한마디가 큰 위로가 된다. 상대방의 조언은 어디까지나 어려움을 극복하기 위한 약간의 도움을 받을 수 있지만 결국은 본인이 해결해야 할 몫이다. 본인이 주변 환경을 탓하지 말고 스스로 해결해 나가려는 노력을 해야 한다. 원인을 밖에서 찾지 말고 내 안에서 찾아야 한다.

내가 통제할 수 있는 요소에 집중해야 문제를 해결할 수 있다. 내가 통제할 수 없는 외부요소에 집중해서는 내가 주체적으로 할 수 있는 것은 없다. 문제의 집중을 어디에 하느냐에 따라서 해결책이 나올 수 있는 것이다. 건전한 독서모임은 서로에게 도움이 되고 성장할 수 있도록 배려하는 것을 행동양식의 기본으로 삼아야 한다. 독서를 하면서 모두에게 도움이 될 수 있도록 토론 준비를 해간다면 훨씬 생산적인 독서모임이 될 것이다.

특별행사는
부흥회처럼 한다

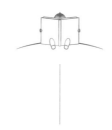

독서모임도 모임의 한 종류이다. 독서모임이라고 해서 독서토론만 하라는 법은 없다. 일반적인 모임에서도 정기적인 행사 외에 특별한 행사를 한다. 야유회를 간다든가 1박 2일 워크숍을 가는 경우가 그렇다. 독서모임에서 할 수 있는 특별한 행사 중에서 다른 모임과 다른 것 중의 하나는 '저자특강'이다. 책을 읽다보면 저자의 의도가 어떤 것인지 모호하거나 궁금한 사항이 있다. 생각을 글로 표현하는데 한계가 있고, 저자와 독자의 삶의 경험이 다르기 때문에 저자와 직접 만나서 저자의 생각을 말로 들어보면 훨씬 정확하게 저자의 의도를 파악할 수 있다.

무엇보다 내가 좋아하는 책의 저자를 직접 만난다는 것은 굉장히 흥분되고 멋진 일이다. 보통 사람들은 책을 읽는 것만도 힘들어하는데, 책을 직접 써서 본인의 생각을 독자들에게 알린다는 것은 정말 대단한 일이라고 생각되기 때문이다. 저자 특강 후에는 저자 사인회를 진행한다. 저자의 친필 사인이 들어간 특별한 책을 갖는 것은 저자의 기운을 받은 책을 갖고 있다는 뿌듯함이 있었다.

저자특강을 하게 되면 평소보다 많은 사람들이 참여한다. 마치 교회에서 부흥회를 하면 평소보다 많은 사람들이 참여하게 되는 것과 비슷하다. 독서모임에 오는 사람들은 기본적으로 책을 좋아하는 사람들이 많다. 그러나 아직 독서의 습관이 배지 못한 독서 초심자들은 조금만 바쁜 일이 생기거나 게으름을 피우다 보면 책을 읽지 못한다. 책을 읽지 못하면 독서모임에 참여하기를 주저하게 된다.

그런데 저자특강을 하면 책을 읽지 않고 가도 되고 저자의 핵심을 찌르는 강의를 듣게 되기 때문에 부담 없이 참여할 수 있다. 독서모임의 리더는 이런 기회를 놓치지 말고 회원들의 참여를 독려하고 신규회원을 유치할 수 있는 좋은 기회로 활용한다.

네오비 독서지향에서는 저자특강 외에 특별행사로 워크숍을 진행한다. 2017년 6월에 전국의 네오비 독서지향 회원들이 대전 유성에서 모여서 1박 2일 워크숍을 진행했다. 주제는 "내 삶의 Why를 찾아서"로 정하고 바인더 쓰기 사용법에 대한 특강을 진행했다.

3P바인더는 목표관리와 시간관리를 통해서 지속적인 독서를 할 수 있게 해준다. 그리고 업무관리까지 더해서 독서를 통해서 삶의 질을 높일 수 있는 도구가 3P바인더이다. 전국의 독서지향 모임이 잘 정착할 수 있도록 하기 위해서 워크숍을 기획하고 진행했다. 이후에 독서지향이 비약적으로 발전했다.

2018년 여름에는 1박2일 '물들다 가족캠프'를 진행했다. 내가 리더로 있는 네오비 서울 독서지향과 부천 독서지향이 연합해 진행했다. 형식은 양재나비에서 진행하는 단무지 행사와 유사하다. 경기도 양주의 펜션 한 동 전체 4세대를 빌렸다. 강의장과 별도 식당, 운동장이 갖추어진 곳이었다.

독서모임에 참석하는 본인 외에도 아동을 포함한 가족이 함께했다. 저자를 초청해서 특강을 진행하고, 페스티벌 행사와 의미있는 미래를 설계하기 위한 자리를 했다. 독서모임에 나가는 것을 지켜만 보던 가족들이 함께하면서 즐거운 시간을 가졌다. 어린아이들은 인조잔디구장에서 축구도 하고 자연과 함께하는 시간을 가졌다. 마치고 돌아갈 때 초등학교 어린이 중 하나는 재미있는데 벌써 가냐고 할 정도로 호응이 좋았다. 여건이 맞으면 앞으로도 매년 진행할 계획이다.

3년째부터는 매년 연말 즈음에 송년회도 진행하고 있다. 송년회는 저녁에 진행한다. 그동안 이른 새벽에 만나서 1년 동안 독서모임을 함께한 사람들과 회포를 풀면서 가볍게 술도 한잔 하는 자리를 갖는다. 다른 송년회와 마찬가지로 그동안 독서모임을 함께 한 사람들 중 감사한 사람들에 대한 시상도 하고, 책을 많이 본 사람들에 대한 시상, 독서목표를 초과달성한 사람들에 대한 시상, 독서 백일장도 진행하고, 경품추첨, 저자특강 등 다양한 행사를 한다. 지방의 독서지향에서는 함께 뮤지컬을 보기도 하고, 연극관람을 함께 보기도 한다. 뷔페에서 진행하는 식상한 송년회가 아닌 강의장에서 본행사와 저자특강 등을 진행하고 이동해 맛있는 식당에서 식사를 하기도 한다. 연말에는 뷔페에 너무 자주 가서 좀 식상하기 쉬운데 맛있는 음식을 함께 먹으면서 담소를 나누는 것도 서로의 정을 확인하는 뜻깊은 자리가 된다.

가끔은 번개모임도 진행한다. 네오비 지방 독서지향 모임은 대부분 멀지 않은 곳에 있어서 가볍게 점심 식사하는 번개모임이 가장 많다. 저녁에 번개모임을 하기도 한다. 네오비 서울 독서지향은 서울뿐 아니라 경기도와 인천에서도 오기 때문에 번개모임을 하기는 쉽지 않다. 한 번은 맘먹고 여름날 저녁시간에 의왕시 백운호수 인근 식당에서 식사를 하고 호숫가에 있는 커피숍에서 석양에 물든 호수를 바라보면서 독서토론을 진행했다. 늘 새벽에 진행하는 모임과는 다르게 탁 트인 야외에서 진행하는 것도 색다른 맛을 느낄 수 있었다.

독서모임에서 다양한 이벤트를 진행하는 이유는 지루하지 않으면서 모임에 오고 싶다는 느낌이 들도록 만들 수 있기 때문이다. 아무리 유익한 모임이라고 해도 재미가 없다면 모임에 나오는 발걸음이 가볍지 않을 것이다. 만나면 즐겁고 유익한 모임이 되도록 해야 한다. 너무 목적에만 집중하다보면 자칫 조직이 경직될 우려가 있다. 삶의 윤활유가 필요하듯이 조직에도 윤활유가 필요하다. 평소와는 다른 것을 해보는 것이 조직의 활력을 불어넣어줄 것이다. 특별행사는 교회의 부흥회같이 에너지와 활력이 넘치게 해 더 큰 에너지를 얻어서 독서모임이 더욱 비상할 수 있게 한다.

온라인을 이용한
홍보와 운영방법

독서토론 모임도 하나의 사업이라고 생각한다. 사업은 영리사업과 비영리사업이 있는데 독서토론 모임은 영리를 추구하는 것이 아니고 자발적인 교양인의 모임이므로 비영리사업이다. 비영리사업 또는 사회적 기업 등을 운영하는 사람들의 가장 큰 문제는 경영 마인드가 부족한 것이다. 사업주체가 선한 목적을 가지고 있으므로 다른 사람들이 당연히 따라와야 한다고 생각하는 경우가 많은데 이것은 큰 착각이다. 개인의 이익이 아니고 공동선을 위한 것이므로 도덕적으로 우위에 있다는 자부심만 갖고 있다. 기왕 하는 모임이 번성하고 잘되어서 독서모임을 하는 선한 의도가 널리 확산되면 좋지 않은가?

독서모임의 리더는 독서모임에 참여하는 사람들을 고객이라고 간주해야 한다. 고객이 오지 않는다면 왜 고객이 오지 않는지 고민을 해봐야 한다. 나는 선한 목적으로 독서모임에 시간을 투자하면서 이끌고 있으니 다른 사람들이 당연히 와야 한다고 생각하는 것은 착각이다. 나는 열심히 하는데 독서모임이 잘 안 되는 이유가 독서모임에 오지 않는 사람들 때문이라는 결론에 도달하면 내가 할 수 있는 것은 아무것도 없다. "말을 물가에 데려올 수는 있지만 물을 먹는 것은 말이 스스로 해야 한다"고 한다. 그러나 말을 물가에 잘 데려오는 것도, 말이 물을 먹는데 두려움 없이 기분 좋게 먹게 하는 것도 마부의 역할이다. 리더는 마부라고 생각한다. 리더는 말이 물을 먹지 않는 것은 1차적으로 말의 책임이지만 마부의 책임도 적지 않다는 마음으로 조직을 이끌어야 한다.

어떤 모임이든 모임이 잘 되지 않는 것은 리더의 책임이다. 외부적인 요소에서 책임을 찾으면 내가 할 수 있는 것은 없다. 과거 어느 종교단체에서 하던 '내 탓이요' 하는 운동을 따라 해야 한다. 모든 것은 내 탓이라고 생각하고 내가 변해야 된다. 내가 변해야 조직이 변한다. 어떻게 하면 조직이 잘 될 것인지 고민하는 것도 리더의 몫이다.

독서모임을 시작하려면 홍보를 잘 해야 한다. 직접 대면 접촉해 맨투맨으로 홍보를 해서는 효율이 떨어져서 어렵다. 특정 대상이 정해진 독서모임이라면 맨투맨 방식이 좋을 수 있다. 직접 만나서 독서모임에 나오도록 설득하는 것이다. 이야기를 하다보면 독서에 대한 편견을 갖고 있는 사람들이 많다. 이야기를 하면서 오해를 풀어주어서 독서모임에 나온 경우도 많다.

네오비 중개실무교육을 받은 사람들은 기본적으로 공부하는 것에

40명 정도의 인원이 꾸준히 나오게 하면
이제 모임은 홍보보다는 운영에 신경을 쓰면 된다.
홍보는 각자가 한다. 주변에 친한 사람들을 데리고 나온다.
한번 나와서 많은 인원이 모여서 독서모임을
잘 운영하는 것을 보면 끌어당김의 법칙이 작용한다.

흥미를 느끼는 부류의 사람들이라 독서모임에도 다른 일반적인 사람들보다는 호의적이다. 잘 설득해내기만 하면 모임에 참여하는 사람들을 확보할 수 있다.

부천 독서지향처럼 불특정 다수를 상대로 하는 모임에서는 직접적인 대면접촉이 쉽지 않다. 그래서 택한 방법이 콩나물신문협동조합의 조합원이 되어서 회원을 확보하는 전략을 가지고 접근했다. 콩나물신문협동조합은 부천이라는 지역에서 지역신문을 만드는 협동조합이다. 콩나물신문협동조합 가입 후 2년 정도의 시간이 경과한 후에 아는 지인 몇 명과 서울 독서지향에서 응원 온 사람들과 함께 부천 독서지향을 시작했다. 이후 부천 독서지향을 키우기 위한 본격적인 마케팅을 펼쳤다. 네오비 서울 독서지향은 네오비 중개실무 교육을 받는 사람들이라는 제한된 영역의 사람들을 상대로 맨투맨으로 설득하거나 각 교육기수 카톡방을 통해서 홍보활동을 해서 수월하게 회원확보가 된다. 반면에 부천 독서지향은 맨땅에 헤딩하는 심정으로 노력을 했다.

부천 독서지향을 홍보하기 위한 갖가지 노력을 살펴보면 눈물겨울 지경이다. 우선, 콩나물신문에 광고를 냈다(공익광고이기 때문에 무료로 가능했다). 그리고 모임장소에 올라가는 엘리베이터에도 매회 홍보지(A4사이즈)를 만들어서 게시했다. 모임장소에는 6개월 도서목록을 A4용지 한 장에 책표지들과 함께 정리해서 홍보지를 만들어 붙였다. 매회 홍보지를 우리 사무실에서 나누어주기도 하고, 이웃 커피숍에 부탁해서 홍보지를 벽에 게시하기도 했다. 지금까지 부천 독서지향을 1번이라도 나왔던 분들은 2년여 동안 100여 명이 된다. 그중에서 콩나물신문을 보고 나온 사람은 단 2명이다. 훨씬 더 효과적이었던 방법은 인터넷을 이용한 방법이다.

각종 독서모임 카페에 홍보를 꾸준히 했다. 우선 양재나비 카페, 이지성 작가의 폴레폴레 카페는 꾸준히 홍보를 하고, 독서와 무관한 다른 모임카페에도 부정기적으로 홍보하고, 공인중개사들이 보는 거래정보망에도 홍보를 했다. 또한 페이스북에도 꾸준히 독서모임을 홍보하고 있다. 좋아요 하고 클릭만 하고 오지 않는 사람들이 대부분이지만 지속적인 이미지 작업으로 부천 독서지향은 계속 입소문을 타고 알려지고 있다. 콩나물신문협동조합 활동도 꾸준히 해 인간관계가 형성되면서 이사회에서 많이 도와주었다. 나도 콩나물신문협동조합에서 대의원을 1기에 이어 2기째 연임하면서 2기째에는 대의원 의장을 맡아서 활동을 하고 있다. 협동조합 내에서 서로 돕는 협동의 정신으로 독서모임을 호의적으로 보면서 콩나물신문협동조합 조합원들의 참여가 늘고 있다.

부천 독서지향의 홍보는 오프라인 마케팅과 온라인 마케팅이 믹스된 이상적인 형태로 가고 있다. 독서모임이 오래되었는데 인원이 늘지 않는 모임은 발상의 전환이 필요하다. 이런 독서모임의 리더는 독서모임이 하나의 사업이라고 생각하고 마케팅적인 사고를 할 필요가 있다. 인원이 너무 많아도 관리의 문제가 생기지만 인원이 너무 적어서 정체되어 있으면 선한 영향력의 확대라는 독서모임의 목적을 망각하는 것이다. 혼자만의 자기계발이 아닌 함께 성장하고 발전하는 것을 추구하려면 어느 정도의 양적인 팽창은 필요하다.

독서토론에서 여러 사람의 생각을 들어보면서 함께 성장하는 것이다. 늘 같은 사람들 속에 있다면 사고가 정체되기 쉽다. 새로운 생각, 남다른 생각을 가진 사람들에 의해서 일상적으로 술술 넘어가는 사고에서 무언가 탁 걸리는 듯한 불편한 것들이 사람들의 사고를 성장시킨다. 익숙하고 편한 것은 게으르고 나태하게 만든다. 독서모임은 비영리사업이다. 자선활동이 아니고 사업이다. 독서모임도 사업답게 해야 한다. 그저 고객이 오기만을 기다리는 사업은 망한다. 적극적으로 고객을 유치하고 고객만족을 위해서 노력해야 사업이 번성한다. 고객 지향적인 마인드로 독서모임을 운영해야 한다. 독서모임 이후의 사후관리도 잘 해야 한다. A/S없는 사업은 지속가능하지 않다. 지속가능한 사업이 되도록 계속 관심을 갖고 개선하려고 노력해야 한다.

신입회원을 모집하는 것은 이와 같이 온라인, 오프라인 믹스를 통한 다방면의 노력을 기울이는 것은 기업의 마케팅과 별반 차이가 없다. 현재의 회원을 유지, 관리하는 것도 회사조직의 운영과 비슷한 것 같다. 회사조직에서 성과를 내기 위해서는 무조건적으로 강압적으로 목표를 제시하고 군대식으로 상의하달의 방식으로 하는 것은 구시대적이다. 과거의 산업화시대의 저개발단계에서는 그런 방식이 나름 효율적으로 잘 먹혀서 성과를 냈다. 하지만 현재의 시대에는 그런 방식이 통하는 사회도 아니다.

이제는 회사 직원의 마음을 잘 헤아려서 직원들의 자발적인 참여를 이끌어내는 회사가 성과를 내는 시대가 되었다. 독서모임도 회사 조직과 마찬가지로 리더가 멤버들의 마음을 잘 헤아려서 다독거려가면서 조직을 이끌어야 한다. 나만의 독선적인 방법으로 이끄는 리더는 외면받을 수밖에 없다. 독서모임이 정체되어 있는 곳을 보면 리더가 독서를 통한 선한 영향력의 확대라는 비전을 갖고 있지 못해 본인의 자기계발에만 치중하는 경우가 많다. 당장은 리더 본인이 성과를 내는 것 같지만 길게 보면 독서의 본질을 잃어가는 것이라고 본다.

독서모임의 인원을 무한히 늘려가는 것이 능사는 아니지만 기본적인 인원이 20~30명 정도는 되도록 해야 독서모임이 활력이 넘치고 저자특강 등 다양한 행사나 이벤트도 진행하기 수월하다. 인원을 일정 규모까지 늘리기 위해서 신입회원 유치 못지않게 기존회원의 유지관리 노력도 필요하다. 독서모임에 참여한 사람들이 소외되지 않도록 함께한다는 마음이 중요하다. 기존 회원의 관리를 위해서 인터넷이나 스마트폰을 활용한 다양한 방법들이 있다.

큰 모임은 카페를 이용하는 경우가 많다. 양재나비나 폴레폴레 또는 작가들이 운영하는 카페들이 그렇다. 조금 규모가 작은 곳은 네이버밴드나 카카오톡을 이용해서 관리를 한다. 양재나비도 카페와 카카오톡을 동시에 사용하고 있다.

김형환 교수가 운영하는 '연합나비' 같은 곳은 밴드와 카페를 함께 사용하고 있다. 네오비 서울 독서지향은 기존의 네오비 카페와 카톡방을 이용하고 있다. 규모가 작은 부천 독서지향은 카톡방만 운영하고 있다. 카페나 밴드는 본인의 의지로 접속을 해야 하지만 카톡은 바로바로 전달된다는 장점 때문에 작은 규모의 모임에서는 카톡을 선호한다. 독서모임 신청도 카톡방에서 번호를 이어붙이는 형식으로 해서 선의의 경쟁을 유발해 참석률을 높일 수 있다.

네오비 서울독서지향은 참석인원이 40~50명이 되면서 매 참석자가 카톡을 올릴 때마다 신경이 쓰인다고 해서 참석신청은 카페 공지사항의 댓글을 통해서 받고 있다가 전면적인 연 회원제를 도입한 이후에는 연회원만 초대한 오픈카톡방에서 공지일정에서 참석, 불참을 선택하게 하고 있다.

양재나비같이 규모가 큰 곳은 저자특강만 인원의 제한 때문에 구글을 통해서 신청서를 만들어서 접수를 하고 있다. 독서모임이라고 해서 책만 본다고 생각하지 말고 다양한 SNS를 활용해서 운영하면 모임을 훨씬 더 효과적으로 운영할 수 있다.

네오비 서울 독서지향처럼 인원이 많아지면 웬만한 풍파에도 조직은 잘 운영된다. 인원이 적을 때는 약간의 어려움(난해한 책이 선정될 때)이 있으면 참석인원이 크게 줄어든다. 그러나 인원이 많아지면 약간 줄어들어도 크게 표가 나지 않는다. 그렇게 되는 인원이 40명 선인 거 같다. 40명에서 저자특강을 하면 50여 명까지 늘어난다. 40명에서 인원이 줄어들어도 30명은 나온다. 5명이 한 개조로 조별 토론을 진행하면 6개 조가 된다.

40명 정도의 인원이 꾸준히 나오게 하면 이제 모임은 홍보보다는 운영에 신경을 쓰면 된다. 홍보는 각자가 한다. 주변에 친한 사람들을 데리고 나온다. 한번 나와서 많은 인원이 모여서 독서모임을 잘 운영하는 것을 보면 끌어당김의 법칙이 작용한다. 왠지 이 독서모임에 나오면 좋은 기운을 받아서 본인의 삶에도 큰 변화가 올 것 같은 믿음이 생긴다. 인원이 작으면 신뢰도가 떨어진다. 의심도 생긴다. 이렇게 모임이 커나가는 단계에서 흔들리지 말고 조직을 잘 관리해 나가야 한다.

회사가 작은 규모에서는 갖가지 어려움이 있지만 이를 극복하고 어느 정도 규모의 회사가 되어서 매출도 안정적으로 나오면 큰 문제 없이 조직은 유지 발전하게 된다. 독서모임의 운영을 마케팅 활동이라고 생각하면 된다. 내가 마케팅적인 툴을 이용해 독서모임을 운영하면 된다.

슬럼프를
넘어서는 방법

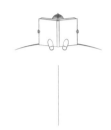

어떤 조직이든지 성장통을 겪는다. 독서모임도 마찬가지이다. 처음에는 의욕적으로 시작하지만 참여하는 사람들의 호응도가 떨어지고 인원이 정체되거나 줄어들면 기운이 빠진다. 독서모임을 통해서 선한 영향력을 확대하려는 비전을 가졌는데 사람들이 알아주지 않아서 서운하기도 하다. 독서지향도 마찬가지로 초기에는 어려움을 겪었다. 독서모임을 시작한 맨 첫날에는 궁금하기도 하고 해서 많은 사람들이 참여하지만 금세 인원이 줄어들었다. 처음에는 한 달에 한번 진행을 했다. 독서에 익숙하지도 않고 전반적으로 연령층도 높은 편이라서 부담 없이 하려고 했다.

2016년 3월에 첫모임을 했는데 16명이 나왔다. 2회, 3회 차도 12명이 나왔는데 4회부터 7명, 5명으로 줄어들었나. 원인을 분석하는 과정에서 안 나오는 사람들에게 물어보니 '이른 아침에 하기 때문에 못 나온다'는 것이었다. 토요일 아침 7시에 독서모임을 시작하는데 1

시간 정도 떨어진 곳에서 준비해서 나오려면 5시~5시반 정도에 일어나서 나와야 하기 때문에 참석하기 어렵다는 것이다. 그것보다 중요한 것은 한 달에 한번 독서모임을 하니 독서의 습관이 안 생겨서 독서모임에 참석할 수 없는 문제가 있는 것이다. 책을 읽지 않고 독서모임에 나오면 할 이야기도 없고 본인이 책을 읽지 않고 나오는 것에 대한 부담감으로 모임에 나오지 않는 것이다.

그래서 대안으로 한 달에 2번 아침, 저녁으로 하면 독서습관도 생기도 참여인원도 늘어날 거라는 생각을 했다. 그해 9월부터는 한 달에 각각 1번씩 아침, 저녁으로 진행을 했다. 11월까지 3개월을 진행했는데 아침에 참석하는 인원은 7명, 10명, 10명순으로 나왔다. 반면에 저녁에 나오는 인원은 6명, 5명, 4명으로 줄어들었다. 또한 저녁모임은 끝나고 그냥 가기 서운해서 자연스럽게 술자리로 이어졌다. 아침모임에 비해 저녁모임에 오는 사람들은 책을 덜 읽고 오는 경향이 있었다. 하루 종일 일을 하고 피곤한 상태에서 독서모임을 진행하고 술 한 잔 하고 헤어지는 것은 좋은 결과가 되지 못했다. 공인중개사의 일의 특성상 고객과의 약속이 저녁에 잡히기라도 하면 독서모임에 참석할 수 없다. 독서모임의 참석은 가장 우선순위의 일이 아니기 때문이다.

그 당시 나는 양재나비의 7대 회장을 하면서 매주 양재나비를 나가고 한 달에 한 번만 네오비 독서지향모임에 나가고 있었다. 나는 매주 토요일 아침에 독서모임에 나가고 있어서 꾸준히 독서를 하고

새해가 되면 새로운 기분으로 시작한다고 독서모임에 사람들이 늘어난다.

그러다가 날씨가 더워지는 5~6월경이 되면 독서모임에 참여하는 인원이 줄어든다.

여름 휴가철을 넘어서 가을이 되면 본격적으로 인원이 줄어든다.

단풍구경을 비롯해서 여행가기 딱 좋은 계절이다.

가을에 출판시장은 가장 불황이라고 한다.

있었다. 하지만 네오비 독서지향 멤버는 그렇지 못했다. 나는 내 기준으로만 회원들을 바라보고 있었던 것이었다. 양재나비는 3P자기경영연구소의 강규형 대표를 비롯한 직원들이 주도해서 하는 독서모임이라 회장이라고 해서 특별히 부담을 갖고 하는 일은 없었다. 그래도 회장이라는 직책이 주는 부담감만은 어쩔 수 없었다. 8월에는 '학력파괴자들'의 작가인 정선주 저자 특강을 열어서 24명이 참석했다. 처음에 독서지향의 목표는 균형 잡힌 시각을 갖춘 교양인의 육성이라고 생각했다.

회원들의 건의가 계속 있었고 독서모임 인원을 늘려야겠다는 목표를 달성하기 위해서 《대한민국 부동산의 미래》라는 책을 채택한 2016년 9월에 무려 29명이 나왔다. 네오비 중개법인에 만든 작은 강의장이 미어터질 지경이었다. 그 다음 주에 진행한 《질문의 7가지 힘》은 지방에서도 네오비 회원들을 올라오게 해 독서지향을 체험하게 했다. 저자특강이 아닌데도 27명이 참석했다. 본격적으로 그해 10월부터 격주로 독서지향을 진행하기 시작했다. 이제 독서지향은 탄탄대로를 걸을 거라고 생각했다. 《부자아빠 가난한 아빠》의 저자 로버트 기요사키의 《앞으로 10년 돈의 배반이 시작된다》와 빌 비숍의 《관계 우선의 법칙》에는 각각 17명, 16명이 참석했다. 반면에 다른 책은 10명 미만이 참석했다. 참석자가 들쭉날쭉해서 당황스럽게 만들었다.

새해가 되면 새로운 기분으로 시작한다고 독서모임에 사람들이 늘어난다. 그러다가 날씨가 더워지는 5∼6월경이 되면 독서모임에 참여하는 인원이 줄어든다. 여름 휴가철을 넘어서 가을이 되면 본격적으로 인원이 줄어든다. 단풍구경을 비롯해서 여행가기 딱 좋은 계절이다. 가을에 출판시장은 가장 불황이라고 한다. '가을은 독서의 계절'이라고 하는 것도 출판사에서 계절적으로 가장 힘든 가을의 불황을 타개하기 위한 캠페인을 하면서 만든 것이라고 한다. 독서모임에 여러 군데 참여해본 경험으로 보건대 가을은 독서모임에도 좋지 않다. 12월은 송년회 시즌이라 독서는 멀어지게 된다. 이렇게 가을부터 12월까지는 독서의 암흑기다.

사람들은 새해에는 새 기분으로 무언가 의미 있는 일을 하고 싶어 한다. 이때 가장 많이 생각하는 것이 운동과 독서이다. 운동은 여러 가지 좋은 시스템이 많이 갖추어져 있어서 본인이 조금만 노력을 기울여보면 쉽게 운동을 시작할 수 있다. 하지만 독서는 어떻게 해야 되는지 알기 어렵다. 독서한다는 목표를 세웠지만 책을 읽지 않았던 사람들은 어떤 책을 봐야 하는지 막막하다. 서점에 가서 베스트셀러 몇 권을 보다가 세상의 더 재미있는 오락거리에 빠지고 만다. 책은 자기에게 적합한 좋은 책을 봐야 한다. 인문고전이 좋지만 올바른 지도를 받지 못하면 책에 대한 흥미만 떨어지는 역효과를 일으킨다.

2017년이 되었다. 네오비 독서지향도 3년차가 됐다. 이제 초창기의 시행착오를 거쳐서 비상을 하게 되었다. 2017년 첫모임에 11명이 나왔다. 격주로 진행하는 2번째 모임부터는 네오비 중개실무 교육 수강자가 아닌 일반 공인중개사에게도 문호를 개방했다. 3P자기경영연구소 유성환 팀장의 저자특강은 더 큰 강의장을 대여해 진행했다. 38명이 참석해 독서지향의 행사 중 가장 많은 사람들이 참여했다. 젊은 공인중개사의 모임 카페에서 함께 홍보하면서 일반 공인중개사까지 참여시켰다. 이후 독서지향은 최소인원이 17명부터 20명 이상 참석하는 모임이 되었다.

윤세영 저자의 《한국의 1000원짜리 땅 부자》에 40명이 참석해서 기록을 또 갱신했다. 인원을 더 많이 늘리겠다는 목표로 5월말부터는 큰 장소로 모임장소를 변경했다. 이른 아침에 공간을 제공하는 곳이 흔치 않은데 카페 측의 호의로 시작되었다. 모임장소를 3층으로 옮긴 이후에도 저자 특강 외에는 20명 선에서 더 늘어나지 않았다. 새로운 사람이 계속 들어오지만 한두 번 참석하고 더 이상 오지 않는 것이다.

독서의 습관화를 위해서 독서지향을 진행할 때마다 바인더 쓰기를 강조하고 알려주었다. 바인더를 사용해 시간관리가 잘되니 저절로 독서시간이 확보되었다. 긴급한 일만 처리하다보면 중요한 일은 뒤로 밀리게 되고 안하게 된다. 중요한 일은 독서와 건강관리다. 중요한 일은 당장 하지 않아도 크게 문제되지 않는다. 긴급한 일은 하지 않으면 안 되는 일들이다. 직장의 일들이 그렇다. 중요한 일을 하지 않으면 당장은 표가 나지 않지만 시간이 지나면 차이가 나기 시작한다.

그리하여 많은 시간이 흐른 뒤에 독서를 꾸준히 한 사람과 하지 않은 사람은 전혀 다른 사람이 된다. 운동도 꾸준히한 사람과 그렇지 않은 사람들의 차이는 커진다. 이렇게 중요한 일을 할 수 있게 하는 것이 시간관리이다. 시간관리에 소홀하면 독서 같은 중요한 일은 뒤로 밀린다. 바인더 쓰기를 통해서 독서를 규칙적으로 하게 되면 자연스럽게 독서모임에도 잘 참석하게 된다.

3P바인더 교육을 위한 전국 네오비 독서지향 워크숍을 다녀온 이후 참석인원이 20명 초반대로 약간 늘어나고 7월부터 반년회원제를 도입했다. 그때부터 참석인원이 30명이 되었다. 이후 연말까지 30~40명 선을 오르내렸다. 이제 네오비 독서지향은 완전히 자리를 잡았다. 1층 네오비 중개법인 작은 강의장에서 진행할 때는 공간이 작아서 다른 사람을 데려와도 되는지 걱정을 했던 거 같다. 공간이 넓어지니 그 공간을 채우기 위해서 모두들 노력하게 되었다. 눈덩이가 불어나듯이 모임이 탄력을 받은 것이다. 이후 2018년부터는 40~50명 선을 오르내린다.

처음에 인원이 늘기는커녕 줄어들면서 모임의 존폐위기에 처해 있을 때 실망하지 않고 내 길을 뚜벅뚜벅 걸어간 것이 주효했다. 또한 방법을 개선하기 위해서 격주 아침에 진행하는 방법을 정립했다.

원포인트 레슨을 2017년부터는 내가 혼자 하는 것이 아닌 돌아가면서 진행하는 방법을 도입해서 참석한 사람들의 호응도를 높였다. 원포인트 레슨을 준비하는 것은 부담스럽기는 하지만 일단 하고 나면 본인의 만족도는 올라간다. 이런 참여의식이 독서지향의 세속적인 참여라는 선순환구조를 만들고 있다.

비 온 뒤에 땅이 굳는다고 하는 말처럼 네오비 독서지향도 초창기의 어려움을 딛고서 단단한 모임이 되어서 웬만한 풍파에는 흔들리지 않는 모임이 되었다. 부천 독서지향은 부천 시민을 대상으로 하는 독서모임이라는 콘셉트를 가지고 시작했다. 초반에 도와주던 네오비 서울독서지향 회원들과 일산에서 가족, 친구가 함께 오신 분들이 계셨다. 초반에 인원이 부족할 때 함께하면서 부천 독서지향의 초석을 세웠다. 그러다 1년이 되어갈 즈음에 갑자기 빠져나가서 인원이 부족해지는 어려움이 처했다.

이때 몇 번 네오비 서울 독서지향에 SOS를 쳤다. 돌아가면서 몇 분씩 와주면서 부천 독서지향의 참석인원이 10명 밑으로 떨어지지 않았다. 이후 부천시민으로 꾸준히 나오는 분들이 생겨나면서 시작한 지 1년이 조금 지난 2018년 말부터는 12~13명 정도가 고정 멤버로 나오는 모임이 되었다. 네오비 서울 독서지향에서의 경험이 부천 독서지향이 빨리 자리를 잡아가는데 도움이 되었던 것 같다.

2019년부터는 회비를 받기 시작하면서 연회원제를 도입했다. 21명이 신청해서 2019년 첫모임에 24명이 참석했다. 이제는 꾸준히 15~16명이 참석한다. 어떤 모임이든지 어려운 시기가 온다. 이때 흔들리지 않고 재빨리 자리를 잡아가는 데는 우직함이 필요하다. 독서모임처럼 서서히 커지는 조직의 특성상 꿋꿋하게 한길로 나아가는 침착함이 필요하다.

마치는 글

독서토론 모임에 대한 글을 쓰면서 함께 독서모임을 한 동료들에게 감사의 인사를 전하고 싶다. 함께한 동료들이 없었으면 독서모임이 성립되지 않았을 것이다. 수많은 시행착오에도 묵묵히 따라와 주어서 오늘날 멋진 독서모임을 만들어준 독서 동지들에게 감사드린다. 아버지의 의욕에 부응해서 2년간 함께 거실에서 독서토론을 한 아들 민규도 고맙다. 민규가 열심히 따라와 주어서 청소년이 고전을 통해서 성장할 수 있음을 보여준 멋진 사례를 만들어주었다.

독서토론 모임의 확산은 건강한 시민을 만드는 시민운동이라고 생각한다. 용기가 없어서 독서모임에 참여하지 못했던 사람들이 독서모임의 참여로 성과를 내는 독서를 하는 계기가 되기를 바란다. 그동안 방법을 몰라서 독서모임을 만들지 못했던 사람들에게도 하나의 지침서가 된다면 더 말할 나위 없이 기쁠 것이다.

이 책을 쓰면서 지난 5년간 독서모임을 했던 것들을 정리하면서 앞으로의 독서모임의 비진에 대해서 생각해보는 계기가 되었다. 내가 선한 의도를 가지고 있다고 해서 모든 일이 뜻한 바대로 이루어지지는 않는다. 목표와 방향이 없으면 배가 산으로 올라가듯이 독서모임이 올바른 비전을 가지고 있지 못하면 선한 영향력의 확대라는 독서모임 본래의 목적을 잃어버리는 경우를 보았다. 독서모임의 비전을 멤버들과 함께 공유하면서 자신을 갈고 닦는 길만이 올바른 독서의 길을 가는 것일 것이다.

독서를 왜 하는지 늘 고민해보아야 한다. 독서모임을 통해서 세상에 선한 영향력을 끼치겠다는 목적을 잃지 않고 가도록 해야 한다. 궁하면 통한다고 한다. 내가 의문을 가지고 질문을 던지면 올바른 답이 나온다. 질문 자체가 이미 답을 잉태하고 있는 것이다. 늘 질문을 던져야 한다.

"왜 독서를 하는가?"

"왜 독서모임을 하는가?"

기계적으로 받아들이기만 하지 말고 항상 의심하고 질문을 던져야한다. 독서에만 그치지 않고 토론과 사색을 통해서 독서의 진정한 목적을 달성할 수 있다. 우리나라의 많은 곳 직장, 지역, 가정에서 독서모임이 널리 퍼져서 문화적으로도 선진국이 되는 날을 고대해본다.

부록

1. 독서모임하는 인터넷 커뮤니티

- 독서포럼나비(대표: 강규형)
  전국에 500개가 넘는 독서모임을 갖고 있는 모임
  https://cafe.naver.com/navibookforum

- 어썸피플(대표: 유근용)
  가치있는 성장을 함께 나누는 곳
  https://cafe.naver.com/awesomepeople7

- 이지성의 폴레폴레
  http://cafe.daum.net/wfwijs

- 서울시 강남구 김형환의 연합나비
  https://band.us/band/4441444

- 인천시 국제도시 송도나비(리더: 강환규)
  https://blog.naver.com/tksdnffla09

- 부천독서지향(리더: 김의섭)
  https://band.us/band/74435487

2. 추천독서모임

- 서울시 마포구 마포나비
- 대전시 허밍웨이(조성민)
- 대전시 삼성나비(조성민)
- 대구시 꿈벗나비(리더: 박대호)
- 대구시 가치나비(리더: 김용식)
- 창원시 창원나비독서포럼(회장: 지학운)
- 전주시 전주나비독서(회장: 백용식)